陶渊明

商务印书馆（成都）有限责任公司出品

刘小川 著

刘小川读陶渊明

图书在版编目(CIP)数据

刘小川读陶渊明/刘小川著.—北京:商务印书馆,2023
ISBN 978-7-100-15823-7

Ⅰ.①刘… Ⅱ.①刘… Ⅲ.①陶渊明(365—427)—文学欣赏 Ⅳ.①I206.2

中国版本图书馆CIP数据核字(2018)第024586号

权利保留,侵权必究。

刘小川读陶渊明

刘小川 著

商 务 印 书 馆 出 版
(北京王府井大街36号 邮政编码100710)
商 务 印 书 馆 发 行
山东临沂新华印刷物流
集团有限责任公司印刷
ISBN 978-7-100-15823-7

2023年1月第1版　　开本880×1230 1/32
2023年1月第1次印刷　印张5½
定价:38.00元

序　渊明吾师

"渊明吾师"是苏东坡的话,并且他不止说过一次。陶诗一百二十六首,苏东坡每一首都唱和,能与陶诗比肩的却很少。朱光潜先生尝言:苏东坡之于陶渊明,有如小巫见大巫。

苏东坡概括陶渊明:"古今贤之,贵其真也。"

陶渊明和他的五个儿子在乱世中活了下来,他活了六十三岁(另据袁行霈教授考证,他活了七十六岁)。

我对陶渊明的兴趣越来越浓,猜想他的情与貌,他喝酒、躬耕的样子。"微雨从东来,好风与之俱。"他感慨农事不易:"种豆南山下,草盛豆苗稀。"他扛着锄头,顶着晨光出门去,披着月光回家来,累得不想说话。他一度到外村去乞讨,"敲门拙言辞"。这些事,谁写到诗中去呢?他的曾祖父、祖父做过大官,他的父亲做过刺史,他本人当过八十多天的县令,因不肯扮得人模狗样见上司,不伺候了,把官帽扔了,回家扛锄头种地。

"性刚才拙,与物多忤。"

"饥冻虽切,违己交病。"

陶渊明由着性子活,一点不焦虑。穷就穷吧,吃个半饱也能诗意栖居。他的妻子很贤惠,五个儿子活蹦乱跳。

在中国历史上的至暗时期,有一些人依然过得赏心悦目,陶渊明最称典型。"登高赋新诗","有酒斟酌之"。

"欢然酌春酒,摘我园中蔬。"他有一群素心人朋友,农忙时节各忙各的,"闲暇辄相思,相思则披衣"。素心人念头不复杂。反观那些个杂心人，花花肠子多，反而不快乐。

陶渊明不仅懂农事，还能写好诗，他与田地有审美间距。如果一天到晚干干干，累得筋疲力尽，回家只想睡觉，哪有心思写诗。

"奇文共欣赏，疑义相与析。"他与素心人朋友价值抱团，审美不妨有差异。

"众鸟欣有托，吾亦爱吾庐。"我最喜欢这两句了，请哥哥写成条幅挂在墙上。

陶渊明甚至懂得植物的朦胧之欣悦，李白、杜甫、白居易，苏东坡、黄山谷、陆放翁，做不到这一点。陶渊明是诗人中的诗人。辛弃疾、李清照都崇拜他。

"长吟掩柴门，聊为陇亩民。"

中国古代文人走向官场又背向官场，其间产生强对流张力区，生文学大师，生文化巨匠。华夏族数千年来受其惠。

由于自然界面临的空前危机，陶渊明在今天的意义大于任何时代。

五柳先生是低碳生活的老祖宗。

刘小川

2022 年 8 月 5 日于眉山之忘言斋

目录

渊明小传 / 001

渊明的诗 / 081

 停云 / 082

 时运 / 085

 荣木 / 088

 饮酒二十首(选二首) / 091

  其五 / 091

  其七 / 092

 归园田居五首 / 093

  其一 / 093

  其二 / 095

  其三 / 096

其四 / 097

　　其五 / 099

乞食 / 100

戊申岁六月中遇火 / 102

移居二首 / 104

　　其一 / 104

　　其二 / 106

和郭主簿二首 / 107

　　其一 / 107

　　其二 / 109

与殷晋安别 / 111

岁暮和张常侍 / 113

癸卯岁始春怀古田舍二首 / 115

　　其一 / 115

　　其二 / 117

责子 / 119

有会而作 / 120

拟古九首（选三首）/ 122

其一 / 122

　　其八 / 124

　　其九 / 125

杂诗十二首（选五首）/ 126

　　其一 / 126

　　其三 / 127

　　其四 / 128

　　其六 / 129

　　其十一 / 130

咏贫士七首（选三首）/ 131

　　其一 / 131

　　其四 / 132

　　其七 / 133

读《山海经》十三首（选二首）/ 134

　　其一 / 134

　　其十 / 136

咏荆轲 / 137

拟挽歌辞三首（其三）/ 139

桃花源诗 / 141

渊明的文 / 143

桃花源记 / 144

归去来兮辞·并序 / 147

闲情赋·并序 / 152

五柳先生传 / 158

感士不遇赋·并序 / 160

渊明小传

一

苏东坡何许人也？不说国人对他的评价，法国《世界报》评选全球范围内的"千年英雄"，涉及政治、军事、文化、宗教诸领域，选出十二位，苏东坡是唯一入选的中国人。

那么，陶渊明又是什么人呢？他是苏东坡最崇拜的人。东坡先生提到他时，永远是学生的口吻："渊明吾师""欲以晚节师范其万一"。陶诗109首，东坡每一首都唱和了。在东坡看来，李白、杜甫在陶渊明之下。苏东坡这种境界的人，尚且从陶诗中获得巨大的精神养分，我们今天怎能错过？我们错过了陶渊明，岂不等于俄罗斯人错过普希金、英国人错过莎士比亚、德国人错过荷尔德林？

中国大诗人多，这是我们的福分，我们显然不能身在福中不知福。一个真正开放的时代，既是面对世界的，更是面向传统的。忙着与世界接轨，却将传统一脚踢开，这样的心态该告一段落了吧？大约二十年前，某大报有个醒目的标题："诗人是商品经济的怪物。"时隔整整一代人，我们是否能反过来说：商品经济是诗意的怪物？两个怪物在特定的历史时期碰头了，不打不成交，彼此学会包容，和平共处。我们的商品琳琅满目，我们的生活诗意盎然，开放时代，二者缺一不可。

我对陶渊明的兴趣，由来已久。其诗，其人，已触动我几十年。今天手捧陶诗，仍会怦然心动，如遇美食，如见佳人。我很想写一本传记体的小说，取渊明先生的自传标题：《五柳先生传》。渊明先生说："宅边有五柳树，因以为号焉。"

德国的哲学大师海德格尔称荷尔德林是"诗人中的诗人"，我们能不能将这个评价套用到陶渊明身上去呢？对陶渊明人格的赞美，千百年来绵绵不绝，概而言之三个字：真性情。他究竟"真"到了何种程度，令数不清的大学者、大文人对他顶礼膜拜？

由于评判标准的差异，人们对渊明的评价，反差很大。和其他杰出人物一样，他也被符号化，变得云遮雾罩，并且逸出文坛，影响政坛，波及商界及社会生活的方方面面。这究竟是怎么一回事儿呢？

陶渊明生平简单。但简单蕴涵着丰富。

海德格尔讲尼采，涉及尼采生平，只用一句话："他出生，他工作，他死了。"其实尼采生平，足以写成一本厚书，有些章节饶有趣味：他和音乐家瓦格纳争夺美女的故事，令许多人津津乐道。包括尼采为何发疯，也是读者的兴趣所在。但这些事儿，不足以进入海德格尔的视野。大师讲大师，严格限于思想进程，《尼采》一书长达一千多页，不重复，不拖沓。译者孙周兴先生感慨地说：这就是大师做派！

我们是仰望大师的人，而能够仰望，已值得欣慰。持续的仰望，让我们超脱生活中的鸡毛蒜皮，藐视生活中的低级趣味。

文人和哲人有不同。哲人高居云端，而文人归属大地。文品与人品，联系比较广泛。因此，文人的生平、生活，应当被纳入视域，不过，需要有分寸。我手头的几本陶渊明传记，讲官场，讲时代背景，花去大量篇幅，结果传主本人倒显得有些模糊。我不知道这是不是国内传记类作品的通病。写文人，文人就是主题，他身后的时代不应该罩住他，覆盖他。背景放大了，人就缩小了。比如我们常见的、写进教科书的"文学规律"：文学形象服从于、服务于他的时代。

文学是研究人性好，还是展现时代好？这是一个问题。换言之：文学是自律好，还是他律好？

二

言归正传。

陶渊明生于东晋哀帝兴宁三年（365），五十多年后东晋亡，刘宋立，是为南朝。陶渊明一生遭逢乱世，军阀打仗不消停，豪门大族不可一世。历史教科书，留下了桓玄、刘裕、司马道子这些名字，这里不打算为他们花费篇幅。渊明生前对军阀与豪族避之唯恐不及，我们没理由对这些人喋喋不休。他在诗中写道：

少无适俗韵，性本爱丘山。

人事高度扭曲，丘山倍显自然，所以他"爱丘山"。"爱丘山"三个字，是他一生的写照。与之相对的"适俗韵"，他心里很清楚，因为他亲身经历过。这相异的两种人生情态，贯穿了他的全部诗篇。在这个意义上，我们不妨说，他写自然就是写人事。

没有纯粹的田园诗人，田园之为田园，乃是尘世的"他者"。今天，不是有学者力倡，乡土中国应该是城市中国的参照吗？几千年的乡土，几十年的城市化……这是一个十分沉重却不容回避的话题。

陶渊明的出生地，是浔阳郡柴桑县（今江西九江）一个叫上京里的地方。江西山水如画，今日古风犹存。柴桑是浔阳郡府所在地。上京里（一说栗里）离柴桑城很近，那儿有渊明老家，也是他的族人聚居地。他的曾祖父陶侃原是庶族，靠个人奋斗获得高位，死后还被追赠大司马。

东晋，司马氏王朝失去中原，偏安江南。王室虚弱，权臣互斗，豪强并起，几股力量大拼杀。陶侃有十七个儿子，大部分是武将，他们又互相残杀。族人要么成敌人，要么为路人。渊明这一支呈衰败之势，他祖父陶茂虽然做过武昌太守，但在正史无传。他父亲陶逸也当过太守，但时间很短，死于他八岁那年。母亲孟氏，大将军孟嘉的小女儿，贤惠有佳名，活到渊明三十七岁那一年。他在上京里的老宅颇具规模，有诗为证。但他父亲也没有留下多少遗产。到他这一辈，家境每况愈下，"家无仆妾，藜菽不给"。

看渊明的家族史，我们就不难理解，他为何

要几次跑出去做官。魏晋时代,家族、门第的观念是代代相传的集体潜意识,是深入血液的。家族的重要性,甚至高于个体生存。如同近现代的欧洲,某些贵族有标志家族荣耀的徽章。

我们应当理解,渊明是在什么样的背景下反抗门第观念。

渊明一生搬过好几回家,主要是避战乱。浔阳是当时的兵家必争之地,在这里打过两次大仗。他讨厌战争,写诗只字不提。离柴桑稍远,有个园田居,他中年住过。在一个更远的叫南村的地方,有几间茅屋,是他举家避浔阳战乱之所。到五十岁左右,他又搬回有儿时记忆、有先人遗存的上京里。几十年过去了,老宅风雨飘摇,在这里,他度过了生命的最后时光,死于贫病交困,享年六十三岁(另据袁行霈先生考证,陶渊明寿至七十六岁)。有人说他只活了五十几岁,但大多数的学者不同意。从细致而客观的考证中,不难看出学者们隐匿着的感情。杰出的人物,越长寿越好。

我们不妨记下这三个地名：柴桑境内的上京里、园田居、南村。这是伟大的诗人陶渊明生活过的地方。他影响了后来几乎所有的大诗人。没有他那富有开创性的揭示，中国的山山水水不可能呈现今天的这种美。他告诉我们，山水之美，不在乎名山大川。赢得审美的至高境界，房前屋后皆风景。屈原了不起，但他描写洞庭湖的诗难懂。陶渊明的诗歌语言，在平淡中见功夫，所谓大巧若拙、大象无形。他的很多传世诗篇，不大读诗的人也能懂。

陶渊明的日常生活很随意。他有修养，有操守，然后他随意。这种随意，不是生活中的随随便便，而是看不惯官场的污浊，他掉头就走。苏东坡钦佩他，是因为东坡本人做不到这一点，"屡犯世患""九死南荒"，却不曾须臾脱离官场。当然，北宋和东晋不一样，东坡为官，尚能为百姓做事。而东晋的官僚敛财很厉害，又有摆不完的臭架子，官大半级压死人。不敛财成不了大族，不摆架子显不出高贵身份。官场风气如此，好官难做。而军阀混战，好官坏官都有性命之忧。

渊明写诗也随意。柴桑离庐山不远，但他并未专门跑到庐山去，写下一组五言诗。他所描写的，都是身边风物，寻常景观。苏东坡钦佩他，是因为东坡深知抵达这样的艺术境界有多么难。李白、杜甫，包括东坡自己，写了多少名山大川，却只是接近了渊明的境界。民国初年的国学大师王国维，在他的杰作《人间词话》中，讲写诗的最高境界：物我两忘，诗人与自然浑然一体。而陶渊明，堪称入"无我"之境的第一人。

为人生而艺术，为艺术而艺术？渊明两者都不是。对他来说，诗歌等于天籁。写诗如同喝酒，是日常生活的一部分。不喝酒难受，不写诗同样难受。事实上，酒与诗，伴随他的一生。

法国画家高更，在塔西提岛上画画，和土著打成一片。陶渊明在柴桑，和农民打成一片。他下地耕种可不是为了体验生活。他是地道的农民诗人，又拿锄头又拿笔。一年四季，田野上都有他的身影。

陶渊明先后娶过两个妻子，生下五个儿子。家道艰辛，妻子也是要下地的。为生计，他"投耒去学仕"——放下农具奔官场。从二十九岁到四十一岁，十三年的时间里，他曾四次出去"学仕"，学得很别扭，"学习成绩"始终上不去。他最后一次当县令，只当了八十多天。他当官太难了，活得越本色，曲意奉承越艰难。古代官场的铁律：要做老爷，先当孙子。陶渊明也有委屈自己的时候，只不过他的忍耐有限度，上级要他做孙子，他把官帽一扔，扬长而去。

一再奔官场，正是渊明的可爱处。他的家庭责任感，由此可见。他不指望重现祖先的荣光，却想方设法要让家人维持小康的生活局面。责任与个性，是一对矛盾体。有人贪污忍垢当孙子，熬到做老爷的那一天，又拿别人当孙子。历代都如此，所以是正常现象。而批评这种现象，也属正常。写文章，不能够颠覆历史，因小人数量多就把小人写作楷模吧。

陶渊明并非坚守个性，个性本自然，像一朵花一棵树，它的生长习性就是那个样子。有弯着长的树，也有笔直长的树；有不惧风刀霜剑的傲然之花。毋宁说，乱世中的渊明几次出去做官，是想适当调整一下个性。渊明的真性情，有它的特殊性。它是在特定的生存境域中显现出来的。这一点，须仔细辨认，不可使之简单化。

人到中年，几番"学仕"失败后，陶渊明看透了。不单是看透官场，他也看透自己。像他这样的人，不归是不行了。"田园将芜胡不归？"他归到上京里，归到园田居。前者为老宅，后者有他家的田产，学者考证有十几亩。后来发生的一些事，他没料到，比如园田居失火，房子烧光了。又遇灾年，逢兵乱，他穷得断酒、饿肚子：

饥来驱我去，不知竟何之。

行行至斯里，叩门拙言辞。

这已经是辗转乞讨了，又饿又羞怯的情状溢于言表。估计陶渊明走到离家很远的地方，敲门并且拙言辞。而当初辞掉彭泽县令时，他没想到会沦落到这种地步。可是他的五个儿子都活下来了，他作为父亲是称职的。他异乡乞讨，讨回来的粗食分给五双小手。

战乱赋税高，种田人朝不保夕。渊明一生饿过三次肚子，分别在青年、中年和暮年时期。短则半月，多则半年。

有学者认为陶渊明隐在乡下而心系名利场，这是胡说。魏晋隐士，确实不乏借隐扬名、从山林跃入官场之辈，但问题是，陶渊明根本就不是什么隐士。《晋书》将他列入《隐逸传》，取的是官方立场：有才华有名望的人，只要不在官府里，就是隐士。还有一种隐士，官当够了，钱捞足了，搬到乡下去，迈起四方步，摇头晃脑念几句古诗。陶渊明的诗中提到过隐士，可他《咏贫士》《咏荆轲》《读〈山海经〉》一类的作品不是更多吗？他过的是普通人的日子，官场待不下去就回家种地，是后人把他捧到"隐逸诗人之宗"的牌位上去的。他变成木偶了。

我们品读陶渊明，就是要还原他的本相。

我读陶渊明几十年，从来不觉得他是隐士。他为夫为父，他奔走官府，他躬耕田地，他爱酒爱美女，他体验疾病与死亡，他巴望儿子有出息……世俗的东西他样样不缺，他不炼丹、不辟谷、不学长寿术，反对当神仙，凭什么说他是隐士？

当时有"浔阳三隐"之说：浔阳境内的三个县令相继辞官归田，渊明是其中之一。但我们不必对这类说法过于当真。那个年代，隐士的帽子满天飞，陶渊明当过县令，辞官归家，隐士的帽子自然就飞到他头上了。如果他名气小，他会以此炫耀；如果他想沽名钓誉，他会拿这顶帽子做足文章，有朝一日东山再起跳回名利场。而事实上，我们发现他从未以隐士自居。帽子发给他，他接过去，随手一搁，不知放哪儿去了。

品读陶渊明，这也是关键处。这些地方，尤其需要"思想的细心"。

渊明的生平，我们先说到这儿。后面展读他的诗篇，再来打量他弥漫在诗中的、激动人心的生存细节。

三

渊明的著名诗篇，大都写于他四十岁以后。此前他的人生要务，还是养家糊口。青壮年，他有鲁迅所谓"金刚怒目式"的句子：

刑天舞干戚，猛志固常在。

鲁迅自己是斗士，所以偏爱这两句。可是生

逢乱世的渊明如何舞干戚呢?倒不如说,"猛志"内化为桀骜不驯的个性,并"常在",一辈子改不掉。

渊明二十九岁初入仕,为江州祭酒,属于州府的普通办事员。《晋书》说他:"亲老家贫,起为州祭酒。不堪吏职,少日自解归。"这段话表明,他年轻时家里的经济状况就不好,做小吏仰人鼻息,没过多久回家了。第一次"学仕",他几乎交了白卷。州府又叫他担任主簿,属秘书类的差事,写官样文章,整天炮制假大空的东西,他没去。主簿虽官职卑微,却离领导近,可以此作跳板。不少年轻人想去但去不了。渊明在祭酒的位置上"自解归",上级派人来叫他,让他干秘书,他婉言谢绝了。看来,上级把他辞官的举动理解偏了。

这一年,渊明长子陶俨出生。次年,他的妻子去世,可能死于营养不良。他三十一岁继娶翟氏。这是一个勤劳而健壮的女人,读过书,能持家。萧统《陶渊明传》说:"其妻翟氏亦能安勤苦,与其同志。"萧统是《文选》的编著者,对魏晋及魏晋前的文学史贡献很大。《南史》亦说:"其妻翟氏,志趣亦同。能安苦节,夫耕于前,妻锄于后云。"古人用词很讲究,"志趣"二字,说明翟氏不仅勤劳,而且与丈夫趣味相投。渊明的家庭生活是和谐的,苦中有乐。如果翟氏抱怨,逼丈夫捞官敛财,渊明不会写出那么多好诗。通过翟氏,我们不难设想,渊明有十几年的幸福生活。翟氏为陶渊明生下四个儿子,这对古代妇女来说,可是了不起的,她是一位"英雄母亲"。时过一千六百多年,我们向她致敬。

渊明第二次学做官,是到荆州府,大概在三十五六岁。做了一年多,没有主动辞职。母亲去世了,他归家居丧,居丧号称三年,实为二十七个月。渊明居丧的两三年,生活是不错的。按学者龚斌的说法,名篇《和郭主簿二首》写于此时,我们来看其一:

蔼蔼堂前林，中夏贮清阴。
凯风因时来，回飙开我襟。
息交游闲业，卧起弄书琴。
园蔬有余滋，旧谷犹储今。
营己良有极，过足非所钦。
春秫作美酒，酒熟吾自斟。
……

渊明优哉游哉的形象呼之欲出了。此诗写的是上京里老家，堂前有林子，屋后有菜园。这百年老宅散发着祖上的荣光，雕梁画栋虽不再，却足以慰藉身心。夏日里的好风，掀起他的衣襟。用黍米酿的美酒已成熟，渊明自斟自饮。不过他表示：营造自己的生活是有限度的，过度追求满足就没必要了，不值得钦佩。我们不妨细看，诗中提到的蔬菜和粮食。渊明早年饿过肚子，对这些食物印象很深。

简单的事物，能唤起美感，使心情舒畅，这

是渊明写诗的一大特点，也是他的价值观。生活的快乐与否，不以消耗物质的多少来衡量。这一点，在地球环境日益恶化的今天尤其重要。

但是，抵达这种心境很困难。叔本华讲：人类有两大不幸，一是他得不到自己想要的生活；二是他得到了自己想要的生活。

这话耐人寻味。

中国人常说的知足者常乐，也算是与叔本华的一种呼应，将幸福理解为追求幸福的过程。可惜，眼下知足者少了。知不足本非坏事，是生存的强大动力，但动起来了，却又张牙舞爪穷奢极欲，不惜以牺牲大环境来追求小物质，长此以往，前景将非常不妙。

晚年的海德格尔力倡用艺术来拯救技术世界。我想，他是希望人们沉浸于美感中，流连于生活的点点滴滴。从艺术和日常生活中获得快乐，对物质的依赖就会降低，对自然的伤害就会减少。而从容的生活，永远是快乐的前提。匆匆忙忙的日子，只有浅表性的、快餐式的开心。眼下，快乐、欢乐被搞笑取代了，不是一个好兆头。前者发自内心深处，是人的深度生存的产物。我担心有朝一日，"欢乐""欣悦"这类词会消失，躺到字典里去，如同大量物种的名称。

渊明居丧结束，四十岁又做官了。这一年初，桓玄于建康（今南京市）篡帝位，逼走东晋安帝，刘裕打着晋室旗号带兵攻他。其实这个刘裕，也不是什么好东西，后来弑帝自立，改国为宋。他和桓玄狗咬狗，涂炭生灵。渊明写四言诗《停云》：

霭霭停云，濛濛时雨。
八表同昏，平路伊阻。

天下一片昏暗，平坦的道路也走不通了。他闲居已久，希望出去做事，可是军阀混战，搅得"八表同昏"。忧心时局，在他的诗中不多见。当时，他是谴责桓玄的。

"停云"的意象颇像陶渊明：停在空中的一朵云。诗人对天空，感受很细腻。

六月，渊明远赴京口（在今江苏镇江市），在刘裕军中做参军——一种文职小官。次年三月辞了官。八月为彭泽县令。彭泽县距他家一百多里，他自己说，他愿意在这做官，主要是因为离家近，而且，"公田之利，足以为酒"。公田种秫米，秫米酿美酒。渊明做县令，有点想头说在明处，可见他不唱高调，不宣称自己大公无私。这次能当上县令，是陶家长辈帮的忙："家叔以余贫苦，遂见用为小邑。"以他的性格，是不会去跑官的。

公田数十亩，种秫米好呢，还是种粳稻好，夫妻二人意见不统一。翟氏随渊明去彭泽县，照顾他的饮食起居。种公田有县衙的小伙子，不劳她动手。不过她种田有经验，常在田埂上指点，计划来年春天的农事。她刚满三十岁，面色红润，像我们在油画中见到的俄罗斯少妇。八月里秋高气爽，秋风吹乱她的鬓发。她现在是县令夫人呢。她远远地看见丈夫来了，官帽好像有点歪。渊明于官道的尽头下巾车（有帷幕的马车），沿田坎路疾步走来。

田野一望无际。

常有州官郡官来检查工作，吃吃喝喝就罢了，还指手画脚，有摆不完的谱。渊明下班归家，一般是乐呵呵的，要么走向孩子们，要么走向挂在墙上的大号酒葫芦。如果他闷声不响，翟氏就知道：来了上级领导了。

入冬天冷了，渊明的酒量随气温的下降而上升。这是他的习惯，持续二十年了。曾经冬天缺棉袄，他饮酒御寒。他饮多不乱，就像他的祖父一样。酒入血液他兴奋，醉眼蒙眬看世界。他不是难得糊涂，他是经常糊涂。按上级的标准衡量，他可不够聪明。晋朝的大官皆出自大家族，权力很大，小官很受气。又因战乱，武官气焰高。渊明有个朋友，做过柴桑县令，人称"刘柴桑"，因为受不了窝囊气，跑到庐山当隐士，至死不出来。而普通官吏吃一点官俸，有"代耕"的说法，比农夫强不了多少。渊明指望公田酿酒，备下了坛坛罐罐，可他必须干到明年冬天。他有了一些官场经验，庶几能对付。

这一天来了州官，是一名督邮，专门为刺史巡视各地的，架子摆得特别大。督邮通常是刺史的心腹，督促各县刮民脂民膏。他人未到，规矩先来了，命彭泽县令陶渊明穿戴整齐出城迎接。按官方条例，这督邮架子摆大了，他所要求的迎宾规格，几乎和刺史大人一样。渊明很生气。翟氏把官帽官带拿出来了，却只望着他，由他自己拿主意。又逢前一阵子，渊明同父异母的程氏妹在武昌去世，他乱了方寸。他和小他三岁的程氏妹，感情很深。翟氏看着丈夫的模样，预感要出事。但她还是没说什么。

渊明果然冒火了。督邮派来打前站的差狗斜眼瞧他，面无表情，催他系官带上路。他上路了，却不是出城迎接什么领导,而是回老家上京里。

这是辞官的举动,连一纸辞呈都免了。有学者指出,渊明对农民有恻隐之心,完不成上级交给他的摊派任务,所以才走人。媚上必欺下,渊明不可能选择迎合上级欺压百姓。

渊明没有流连县衙,倒是去那片已播种的公田转了好几圈,舍不得挪动脚步。

四

《归去来兮辞》写于这一年,这是千古名篇。

> 归去来兮,田园将芜胡不归?既自心为形役,奚惆怅而独悲?悟已往之不谏,知来者之可追。实迷途其未远,觉今是而昨非!舟遥遥以轻飏,风飘飘而吹衣。问征夫以前路,恨晨光之熹微。

古往今来,数不清的人吟诵此篇。胡不归?

归向何处呢？归向人的本性，归向天地之间。它所表达的，是全人类诉诸自然的心声。陶渊明这样的人，始终标示着人性的高度、血液的纯度、审美的力度。看来，外国人都该学汉语，单为读陶诗，也值。

　　人要谋生，难免"心为形役"，身不由己。有些人受得了，有些人受不了，古今皆然。陶渊明奔官场受压迫，他要愁眉苦脸，这是没有办法的事。他也试图舒展眉头装笑脸，可是行不通，于是选择走人。他这一走，走出旷世佳作，将中国社会生活中的一个典型情境给揭示出来了。古代为官者，不管是出于何种动机，都会吟诵它。它是如此经典，甚至今人的心态情态，同样在它的波及范围之内。

　　不能录全篇，我们只能断章摘句：

　　　　乃瞻衡宇，载欣载奔。僮仆欢迎，稚子候门。三径就荒，松菊犹存。携幼入室，有酒盈樽。……园日涉以成趣，门虽设而常关。……云无心以出岫，鸟倦飞而知还。……悦亲戚之情话，乐琴书以消忧。农人告余以春及，将有事于西畴。或命巾车，或棹孤舟，既窈窕以寻壑，亦崎岖而经丘。木欣欣以向荣，泉涓涓而始流。……

"衡宇"指家门，衡门内的渊明早就思念它了。辞赋写于十一月。渊明辞县令后，连夜出发回家，该赋的序言说："敛裳宵逝。"他不为五斗米折腰，脱下官服，如释重负，一路上"载欣载奔"，几乎载歌载舞了。为何如此高兴？因为他打定主意，从此不进官场一步。十三年憋气，他终于出了一口大气。他可不是来了犟脾气，像个愣头青年。他已是不惑之年，一切都看明白了："饥冻虽切，违己交病。"吃不饱穿不暖，无非苦了肌体，一味违心向官场，身心交病。渊明不想责怪谁，倒是很有自知之明。他笼罩在欢乐的情绪中。

"云无心以出岫,鸟倦飞而知还。"自然呈现在陶渊明眼前,而利欲熏心之辈,整天忙着算计,哪能看见这些。为何"云无心"?只因人无心,不屑于机关算尽。中国历代辞官者,数以千万计,唯有陶渊明,将朴素的欣悦,通过朴素的语言表达得淋漓尽致。没人能超过他。如同苏轼写中秋,到顶了。官场内外,朝堂民间,所有尚存良知与审美趣味者,都会感谢陶渊明,是他,确立了人性的价值,审美的价值。反观那些功利主义的鼓吹者,他们虽然得到好处,享受锦衣玉食豪车伺候,却也付出沉重代价:失掉爱的愉悦。爱亲朋,爱自然,爱艺术。美国哲学家弗洛姆写《爱的艺术》,证明爱是需要学习的人生智慧。耍手段搞阴谋,难免冷酷,铁石心肠,哪怕弄一座金山,建立一个帝国,他的逻辑永远是寻刺激,在动物的欲望圈中打转,人的快乐跟他无关。血管硬化,人变成石头了,快乐、欣悦这些情绪将自动消隐。这类人能欣赏陶渊明吗？事实上，我们称之为"人"，已经是有所克制了。

唉，老天是公平的，但现实是残酷的。

次年，四十二岁的陶渊明写下《归园田居》五首，古代读书人视同《诗经》，人人都能背。其一：

> 少无适俗韵，性本爱丘山。
> 误落尘网中，一去三十年。
> 羁鸟恋旧林，池鱼思故渊。
> 开荒南野际，守拙归园田。
> 方宅十余亩，草屋八九间。
> 榆柳荫后檐，桃李罗堂前。
> 暧暧远人村，依依墟里烟。
> 狗吠深巷中，鸡鸣桑树颠。
> 户庭无杂尘，虚室有余闲。
> 久在樊笼里，复得返自然。

从此诗看,园田居蛮好,属中等人家的庭院。只是一家七口人,加僮仆一二,日常开销是个问题。"开荒南野际"当为写实。由于主妇的勤劳、善持家,方有这般光景。连家禽都活得有滋有味,飞到桑树顶上去了。而现在的圈养鸡,只能扑打翅膀,徒作升空之状。陶渊明自己说,误落尘网三十年,什么意思呢?联系"性本爱丘山",可能是说他十二三岁以后就迷了本性。他少年读书,受儒家影响不浅。他有"大济苍生"的儒家理想,却碰上军阀混战。二十岁曾遭遇大荒年,虫灾、旱灾、雨灾,下地累死累活,仍然填不饱肚子。"畴苦昔长饥,投耒去学仕。"渊明实在,是什么就写什么。而当时的时代风气,士人普遍讲清高,追名逐利,却弄一套冠冕堂皇的理由,就职演说、述职报告,大话套话层出不穷。渊明这种人,出去做官,将做官的缘由及"想头"和盘托出,在别人眼里是很不得体的。在他,却自然得很。

诗乃陶家诗,如同云是天上的云。我们再看

其二：

> 野外罕人事，穷巷寡轮鞅。
> 白日掩柴扉，虚室绝尘想。
> 时复墟曲中，披草共来往。
> 相见无杂言，但道桑麻长。
> 桑麻日已长，我土日已广。
> 常恐霜霰至，零落同草莽。

渊明的五言诗，几乎没有生僻字。我的电脑很能配合他，不像此前写司马相如，怪字叫人头疼。渊明用田家语写诗，几十年后的文学批评家钟嵘，认为他不够高雅。如同今天的某些评论家，以正统自居，看似有装不完的高雅，实则俗不可耐。

渊明与农夫共处，心忧地里的庄稼。"霰"是冻雨，若铺天盖地袭来，庄稼被打得七零八落，形同一片荒草。渊明开荒已见成效："我土日已广。"劳动者关心劳动成果，不管他是劳心的，还是劳力的。渊明放下农具,走向笔砚,手上有老茧,挥毫写出传世诗篇,识字的农夫能看懂,读书人能欣赏,互相传阅、吟诵。渊明不写"抽屉诗",他期待着被阅读。

《归园田居》五首太有名了,我们最后看其三:

种豆南山下,草盛豆苗稀。
晨兴理荒秽,带月荷锄归。
道狭草木长,夕露沾我衣。
衣沾不足惜,但使愿无违。

这诗不用解释,它诉诸人的审美直觉。笔者所能做的,仅仅是谈点感受。渊明于农事并不精熟,向南开荒种豆,"草盛豆苗稀"。翟氏在家里,守着五个孩子呢。做饭洗衣,种菜喂鸡,她一天到晚忙碌着。丈夫扛着锄头回家啦,她老远就在门首看见他的身影,或听到他的声息,赶紧回屋温一壶酒,将菜肴回锅……炊烟又起,却是袅袅向月夜。

　　两年后,园田居失火,全部被烧光了。一家老小,连同左邻右舍,眼睁睁望着,那个心疼呀。草屋八九间,小孩儿又多,大的十五六岁,小的才几岁。小孩儿玩火烧着房子,草房,又逢夏日风高时,一旦火势上来,人就拿它没办法,不敢靠近。房子没了,器具也没了,渊明一家只好搬到船上过。一度钱粮无着,日用紧张。渊明辗转乞食,可能就在这一年。五个小男孩儿,全是吃"长饭"的,刚吃过饭,转眼又嚷肚子饿……亲友们来帮忙了,入秋重新盖房,整理庭院,却是银两不继,横竖是大不如前:

　　果菜始复生,惊鸟尚未还。

　　而浔阳方向硝烟起,军阀追杀起义军,双方恶斗,百姓逃窜。

五

四十六岁的陶渊明,移居南村。

南村离柴桑城是更近还是更远,学者们争论不休。我未曾考证,姑且认为是更远吧。渊明写《移居》二首,其一云:

> 昔欲居南村,非为卜其宅。
> 闻多素心人,乐与数晨夕。
> 怀此颇有年,今日从兹役。
> 弊庐何必广,取足蔽床席。
> 邻曲时时来,抗言谈在昔。
> 奇文共欣赏,疑义相与析。

《左传·昭公三年》记载民间谚语说:"非宅是卜,唯邻是卜。"古人灼龟,以龟甲的条纹取兆,称为卜。渊明不大信天命,迁南村只有世俗的理由:火灾后的园田居令人心酸,浔阳又闹起兵乱。南村吸引他，是因为他听说那儿有不少"素心人"。他离开官场五年了，仍然对"杂心人"耿耿于怀。讨伐桓玄的刘裕就是杂心人，说一套做一套，干了很多缺德事儿。刘裕的部属更以搅扰勒索地方出名。当初渊明还跑到刘裕手下做参军，现在他心明眼亮了，他知道素心人聚集在什么地方。他们之中，除了农夫，也不乏像他这样做过小官的读书人。因避战乱、避权贵，素心人寻找素心人，躲进南村成一统，管它冬夏与春秋。惹不起还躲不起吗？东边打仗，就躲到南边去。房子小无所谓，能安下几张床就行。邻居常来往，门第、等级观念在这儿没市场，杂心人在别处。

农家连成片，小路弯弯曲曲，陶渊明称之为"邻曲"。古人造词，讲究意境。"邻曲"一词非常舒服，好像把弯曲的河流、起伏的山峦、袅袅的炊烟都包含在内了。这和如今将农民迁入成排的水泥房大相径庭。千百年形成的自然村落，改变它须慢慢来，不怕花上几代人的工夫。切不可用城市的模式套乡村。千篇一律的城市够呆板了，城市生活中的愚蠢事也够多了，城市病再去传染乡村，城乡皆病，百年难治。

从此诗看，渊明灾后的生活水平明显下降了。不过，房子简陋，大伙儿反倒畅所欲言，谈古论今。有好文章拿出来，疑难处一块儿剖析。渊明向往着跟素心人过日子，数晨夕。而素心人的另一大特点是想做就做，不会拖泥带水。我们看《移居》其二：

> 春秋多佳日，登高赋新诗。
> 过门更相呼，有酒斟酌之。
> 农务各自归，闲暇辄相思。
> 相思则披衣，言笑无厌时。
> 此理将不胜，无为忽去兹。
> 衣食当须纪，力耕不吾欺。

今天九江境内有柴桑山，也许是渊明登高

处。春秋佳日，或惠风和畅，或天高云淡。朋友相召唤，穷巷子充满欢声笑语，哪家有酒就喝它一通。农忙时各忙各的，闲暇时则相思，相思则相聚：披衣出门去。乡村天地广，山上、河边、树下、墙内，太阳照着，月光笼着，真个言笑无厌时。风景，人事，俱欢畅。杂心人相处，则是花花肠子多，尔虞我诈，充斥谎言与奸笑。渊明写素心人的日常生活，却处处指向杂心人。所以他笔锋一转，讲道理了：这样的生活岂不惬意？抛弃它毫无理由。自己动手，丰衣足食，而天道酬勤，力耕的日子是不会欺负人的。

过了数百年，苏轼被贬黄州，举家开垦东坡，面对一片麦浪，慨然写道："力耕不受众目怜！"

我读《移居》其二有个奇怪的印象：渊明是有几分摩登的。"有酒斟酌之……闲暇辄相思"，呈现一派天真。一群布衣眉飞色舞，今日走这家，明日奔那家，渊明在他们当中，只要有粗茶淡饭、几杯老酒，幸福就会前来照面。南村，有一百多户人家呢，更有来访者络绎不绝。老军人、老儒生，曾经混迹于官府的邓主簿、戴主簿、庞参军、刘遗民、丁柴桑……渊明说：

落地为兄弟，何必骨肉亲。

亲旧招饮，他去了必喝醉，喝醉掉头还家，主客皆随意。他"逾多不乱"，从不耍酒疯，这是一种酒德。他朋友多，朋友几乎都是酒友。春夏秋冬，无日不饮。朋友们喜欢他的诗文，但没人恭维他是大诗人。一切皆平实，农事、人事、酒事、文事，浑然一体，乃是生活的常态。渊明自在浑然的状态中，并无揭示这一状态的主观意志。苏轼学他，喊出口号："吾上可陪玉皇大帝，下可陪卑田院乞儿。"苏轼够可爱了，不过他的人生态度，源头却在渊明。所以朱光潜先生有句名言："苏东坡之于陶渊明，有如小巫见大巫。"

诗人是什么人？是真性情的守护者。任何时

代,若是诗意退场了,必定不是完美的时代。渊明所处的时代政治黑暗,但民风淳朴,尤其在一些穷乡僻壤,权力染指非常有限,千百年的风俗,想要破坏它谈何容易。

杂心人在城里杂处,素心人在乡下抱团。

渊明曾作《五柳先生传》自况,两百来字的小传,字字珠玑。我们不妨摘录:

> 先生不知何许人也,亦不详其姓字。宅边有五柳树,因以为号焉。闲静少言,不慕荣利。好读书,不求甚解,每有会意,便欣然忘食。性嗜酒,家贫不能常得,亲旧知其如此,或置酒而招之。……环堵萧然,不蔽风日;短褐穿结,箪瓢屡空。晏如也。常著文章自娱,颇示己志。……

在晋代,姓甚名谁可不是一桩小事儿,从中能看出一个人的家族背景。渊明祖上曾显赫,母亲孟氏亦出自大户人家。他写自传,一概略去不说,连自己都成了"不知何许人"。且不说他小视门第,反正文章这么开头,人见人爱,不同阶层的人都会喜欢。率真这东西,价值是永恒的,即便再过一万年,人类也不会崇尚装模作样。渊明不讲姓字,但人人知道他的姓字:姓陶名潜,字渊明,又字元亮。他当过彭泽县令,人们又叫他陶彭泽、陶令,以及他去世后的陶靖节、陶征士,不嫌其多。毛泽东写诗道:"陶令不知何处去,桃花源里可耕田?"不同的称呼,相同的亲切,很多人读渊明诗文,都觉得他像家人。"闲静少言",静也是一种语言。奥地利大诗人里尔克,非常安静,可朋友们很容易受他的感染。安静与寂静,看似一字之差,其实相去甚远。我生活的成都周边,司空见惯的牌客们,如果几天不摸牌,人是要生病的。几个小时无所事事,人就哈欠连天百无聊赖。一点小小的"瘾头",竟然维系全部的业余生活。渊明若地下有知,不知作何感想。

写渊明,好像不该提这些:我担心倒了读者的胃口。

渊明好读书,不求甚解。不求甚解也是一种解。这既是读书方法,又是价值取向。比如他常读《史记》,引司马迁为隔代知己。二人性情,何其相似。有些书像老朋友,须时常造访。有些书翻翻就行了,像普通熟人,打个招呼,一年半载见不了个面。渊明斜倚柳树读书,抬头望望停云,摸摸小儿子阿通的脑袋。读孔子,读老庄,读屈原,读《山海经》……他有他的文化谱系,却并未想到,自己也是一代宗师。中国文化选择陶渊明,为不羁的人格、行云流水般的自由精神树起一道丰碑。凡仰慕者,皆可受惠。

渊明家徒四壁,墙还漏风,粗布短衣打补丁,一日三餐成问题。躬耕导致贫穷,他心里何尝不明白,他也矛盾。"贫富常交战",几度奔官场,正是矛盾心情的体现。他真,所以他作假难,更别说帮官僚军阀盘剥百姓。孔子的得意弟子颜回,

"一箪食,一瓢饮,人不堪其忧,回也不改其乐"。渊明箪瓢屡空,亦能怡然自得。他并不轻视物质生活,但既然不能拿个性、良知去换取物质,他就得甘于贫穷,为贫穷做好心理准备。孔子食不厌精,收学生的干腊肉,却强调"君子固穷",二者并不矛盾。我读中外传记,发现优秀人物都有忽视物质的倾向。即如一些大富豪,个人生活却朴素,挣钱回报社会,比如香港的田家炳先生,在内地捐赠了百余所颇具规模的中学,把老家的别墅都卖掉了。

君子爱财取之有道,散财,亦有道。

田家炳先生,也爱渊明的田家语吗?

渊明在小传的最后总结道:"不戚戚于贫贱,不汲汲于富贵。"汲汲通急急,急于营求的样子。狗急跳墙,人急则不择手段。如果社会上人人都急红眼了,社会将陷入一片混乱。

汲汲于富贵不好,勤劳致富却是好的。可是古时勤劳者致富不易,起早贪黑的人,风雨赶路的人，烈日暴晒的人，加班加点的人，几人脱贫，几人致富？

六

渊明在南村住了两三年，总的说来生活不错，诗中有贫穷，但心情是好的。素心人在一起，有酒斟酌之，登高赋新诗。艺术、自然、友情，均属于素心人，杂心人不配。渊明家有酿酒的传统：

漉我新熟酒，只鸡招近局。

有时他用葛巾帽滤酒，将酒糟倒去，再把帽子戴上。他善于杀鸡，动作利落，翟氏在旁却吓得闭眼。东坡喜欢吃鸡，讲明是模仿他，"一日杀尽西村鸡"。东坡自掏腰包为惠州人造桥，百姓杀鸡犒劳他。渊明居南村，教农家小孩识字，大都免费，偶尔收点东西，或去小孩家吃顿酒。

村里起纠纷了,请陶彭泽去裁断。他穿短衣,打赤脚,判案头头是道。纠纷了结,这家请那家邀,省下去官府的诉讼费,拿来买酒喝。村里的聚会,通常有个由头,而只要邻里和睦,由头层出不穷。所谓素心人,不是一句空话。农耕时代的自然村落,生活是最和谐的。凭它浔阳城打得天翻地覆,南村却是一派祥和。

日出而作,日落而息,渊明却要破破这千年老例:

日入室中暗,荆薪代明烛。
欢来苦夕短,已复至天旭。

渊明快五十的人了,举止如少年,欢饮达旦。这是诗人做派,更是酒仙姿态。后来李白过柴桑,拜谒渊明故里,据说三天酒不醒。可是酒在李白手中,多少有点像道具。诗仙酒仙的背后,其实有个隐匿着的巨大身影。

渊明混迹于农民之中,却和农民有不同。他能写诗,有审美观照,这点很重要。他活在农事与文事之间。他的交游,还是读书人多。而这些读书人,由于仕途不得意,反而遵循纯粹的艺术标准。达官贵人成堆的地方,对渊明的田家语反倒嗤之以鼻。

魏晋文章,有过短暂的随意通脱,到头来还是接承汉赋,堆砌辞藻、崇尚华美。在达官贵人眼中,渊明写鸡写狗,写桑麻写炊烟,简直煞风景。渊明作诗写文,长期游离于官方的文学标准之外。渊明的真,还真在他的诗风,他的眼里完全没有官方标准,生活向他呈现什么,他就写什么。他始终与周遭的、切近的东西保持互动。切近可不是距离概念,海德格尔在现象学的意义上辨析"近"时说:去其远而使之近。由此可见,"近"是动态的东西,白云也近,千年也近。渊明有杰出的审美观照,能于平淡中见神奇。他在不经意间,抵达了汉语诗歌的最高境界;在不经意处,恰好显露大手笔。中国农村几千年,没有比这更好的写照了。写乡村,李白显然写不过他,转而挥笔向名山大川。杜甫再一转,深入苦难的人间。说渊明开了田园诗的先河是不够的,后来一切大诗人,无不或显或隐地受惠于他。

也许我们可以说:陶渊明俗得多么雅!

宋词兴起时,不也被认为俗气吗?瞧瞧那位奉旨填词的柳三变,浑身上下,全是市井气。

渊明写农村,柳永写市井,文气是贯通的。诗用俚语村语寻常语,渊明是无可争议的大宗师。当然他也有所宗,比如《诗经·国风》及两汉乐府民歌。

我们来看渊明的另一名篇,《读〈山海经〉》十三首的第一首,写于他四十四岁时,写的是孟夏的园田居。到仲夏,园田居就被烧了。

> 孟夏草木长,绕屋树扶疏。
> 众鸟欣有托,吾亦爱吾庐。

> 既耕亦已种,时还读我书。
> ……
> 欢然酌春酒,摘我园中蔬。
> 微雨从东来,好风与之俱。
> ……

　　诗中有昂扬之态。渊明和素心人相处,因畅快而摩登;与自然神交,有情兼有力,与生俱来的昂扬之态呼之欲出了。他吟诗时,想必是有手势的。南宋大儒朱熹格外理解他,称他是豪放派。他咏荆轲,豪气十足。

　　平淡与豪放,渊明兼而有之。

　　"众鸟欣有托,吾亦爱吾庐。"语出平淡,却见深情。表情达意,越是言简越是感人。不久,园田居毁于大火,不单渊明唏嘘,我们也为他心疼。他的居所是他的美感之源,而他展现的乡村源头性美感,惠及后世。

　　"人充满劳绩,但还诗意地安居于大地之

上。""诗人中的诗人"荷尔德林的这句名句,看上去却像写陶渊明。生存不避艰辛,艰辛中有欢畅,有美感,多谢陶渊明,田园显现为风光,农家寻常日子提炼出诗意。眼下农家乐遍及全国,该有渊明一份功吧?华夏文化传承,文人是核心。他们的情感、操守、趣味,对中国人的日常生活有不易察觉的重大影响。

渊明有一首诗,被无数次地引用、阐释,我们也不该漏掉。《癸卯岁始春怀古田舍》二首其二云:

> 先师有遗训,忧道不忧贫。
> 瞻望邈难逮,转欲志长勤。
> 秉耒欢时务,解颜劝农人。
> 平畴交远风,良苗亦怀新。
> 虽未量岁功,即事多所欣。
> 耕种有时息,行者无问津。
> 日入相与还,壶浆劳近邻。

> 长吟掩柴门,聊为陇亩民。

"先师"指孔子。《论语》说:"君子谋道不谋食。耕也,馁在其中矣;学也,禄在其中矣。君子忧道不忧贫。"孔子这是针对读书人的讲话,渊明没忘,却已力不从心。学而优则仕,学难,入仕也难,逢乱世更难。圣人又讲:"邦无道则愚。"渊明"转欲志长勤",已做好长期务农的准备。农民不满苛政,他还去劝解。他是读书人,明白当农民已是生存的底线,无路可退了。与其抱怨,不如来点幽默,来点欢乐。我记忆中的生产队时代,农民在烈日下割麦子收谷子,就很能找乐。作家刘玉堂还说:"集体劳动好,把爱情来产生。"

平坦的原野与远来的风交汇,油绿的麦苗欣然迎接万象更新。"平畴交远风,良苗亦怀新。"这两句,苏东坡玩味再三,连连称好,将其写作条幅送人,不计其数。换成海德格尔的语言,它表达了植物的"朦胧的欣悦",这境界,任何科学都难以企及,唯有诗与思,方能捕捉动植物的灵魂。

渊明以真性情感知物的萌动,物的欣悦。他曾指斥当世:"真风告逝,大伪斯兴。"大伪遍天下,官场尤甚。在他身上,伪已无痕,真也消隐。而我们恰好在"伪"的背景中读他,将他显现为真。海德格尔有名言:"恶是善的恶。"渊明则向我们指出:真是假的真。真善美,假恶丑,辩证依存。

渊明的真性情,指向一切虚假之物。

初春的麦苗,还看不出一年的收获,那无边无际的新绿,不也让躬耕之人与良苗共欣悦吗?太阳下山,和乡民结伴还家,喝几盅解解乏,芳邻有好酒,有好语,款款入夜。诗人长吟掩柴门:今生就这样吧,做个陇亩间的农民。

渊明的选择,没人能够责怪。他付出了代价:五个儿子没一个成器的。"虽有五男儿,总不好纸笔。"看见朋友的小孩面色红润,他才发现自己的儿子营养不良。老大懒惰,老二不好学,老五只知找东西吃。宅边五柳树,堂前五孩子,树易成材,儿子难成器。渊明无话可说。也许当初辞县令时,他已想到了这一层。他尽力补救。不过,世事也难料,当官招祸的例子很多。晋末乱世,今天朋友明天敌人的,早晨发誓晚上翻脸的,整个一笔糊涂账,孔明再世也弄不清。渊明能保全身家性命,已是一大功。

七

浔阳战事告停,渊明搬回上京里老家,大约不到四十九岁。

上京里距柴桑县城五里,阔别六七年,老宅越发破败了。渊明办私学,收点钱贴补家用。他以前干过的。南村看来不行,素心人虽多,有钱人却少。柴桑毕竟是县城,富人的孩子能交学费。可是渊明为人爽直,有人装穷他也当真。私学规模不大，收入有限。他好酒，倒是收下不少酒。翟氏把他的酒藏起来，每日限饮两壶。可是来了客人，她经不住丈夫央求，说出那藏酒之处。有朋友叫颜延之的，能写诗，会当官，宦游至柴桑小住，每天出城看望渊明，对饮称快。颜延之要走了，到广西桂林去做太守，留下两万钱，却留在酒肆，免得渊明赊酒账。两万钱，够渊明喝两年了，他很高兴。在上京里、柴桑城，他都是名人。他常打着赤脚，头戴葛巾帽，腰间挂个酒葫芦。进城，小孩儿要围观他。他人缘好，行为异常，天命之年名播四方。一帮小隐士学他的模样，也戴葛巾帽，也挂酒葫芦，心里却装着朝廷官府。渊明一笑置之，并不道破。

　　静念园林好，人间良可辞。

"人间"指官场。渊明是不会轻生的，他活得挺好。他在酒肆请客，大伙儿七歪八倒，杯盘狼藉。他也在家中独酌。老宅很大，虽然年久失修，却也春花秋菊。萧统说："渊明诗篇篇有酒；吾观其意不在酒，亦寄酒为迹也。"其意不在酒在何处呢？萧统是梁朝太子，看渊明的眼光跳不出朝堂模式。渊明喝酒便喝酒，哪有许多意思。酒是兴奋剂，艺术也是兴奋剂，"诗酒趁年华"。中国诗人喝酒，渊明是巅峰人物。阮籍早他百余年，酒量比他大，时常烂醉如泥。渊明不是这样，他也醉，但醉了尚能写诗，能观周遭风物。

一觞虽独进，杯尽壶自倾。

日入群动息，归鸟趋林鸣。

这诗有禅味儿。诗人静观，更能感受生命的律动。苏轼受他启发，写下名句："静故了群动，空故纳万境。"由于静，而对群动了然于心；由于空，而将万物纳入眼底。

公元416年，五十二岁的陶渊明写《饮酒二十首》，序言说：

> 偶有名酒，无夕不饮。顾影独尽，忽焉复醉。既醉之后，辄题数句自娱，纸墨遂多。辞无诠次，聊命故人书之，以为欢笑尔。

名酒从何而来，陶渊明没说，是什么名酒他也不讲，不然的话，今人以此做品牌，兴许不在茅台之下。时令在春夏之交，昼长夜短。名酒数量不少，他无夕不饮，说明他喜欢傍晚饮酒，喝到夜幕四垂，满天星斗。他字迹潦草，老朋友加以整理，换纸书写。他挥毫运思俱潇洒，以为一时之欢笑耳，并无传世的意思。但老友为他收集，想必有这层考虑。渊明写诗，尽兴而已，他又不拿去发表。英国大诗人济慈，随写随扔，他的传世之作，大半是朋友在地上捡的。好诗像原野上吹来的一阵风，风过了无痕。多谢渊明故人，整理书写饮酒诗二十首，俱是佳作。其中第五首，后世视为圣品，这诗明白如口语，体现了渊明的一贯风格。

结庐在人境，而无车马喧。
问君何能尔？心远地自偏。
采菊东篱下，悠然见南山。
山气日夕佳，飞鸟相与还。
此中有真意，欲辩已忘言。

  对渊明来说，四季无远近，循环在眼底，所谓天人合一。渊明到这境界，如白云出岫、飞鸟入林。他已然浑身静穆了，无论置身何处，皆能悠然自如。他从来不回避尘世的艰辛，所以他可爱。由于长年躬耕，他的皮肤黑了，肌肉松弛，状如老农，却是不折不扣的精神贵族。古今中外，能到他这境界的，寥寥无几。多少人阅尽人间沧桑，读此诗感慨万千，以至潸然泪下，却又从中获得巨大的心灵慰藉。此诗的能量，对人类精神具有永久性的冲击力。

  渊明的静穆，是将"群动"包含在内了。全诗五十个字，自然与人事，都在其中。渊明如《圣经·士师记》里的大力士参孙,从大地获取无穷的神力。"山气日夕佳,飞鸟相与还。此中有真意,欲辩已忘言。"寻常景象蕴含着真意,欲做辨析却忘了语言。陶渊明慧眼看世界,一派祥和与欣悦。

鲁迅先生念念不忘"刑天舞干戚,猛志固常在"。他议论说:"正因为陶潜并非浑身静穆,所以他伟大。"鲁迅先生是斗士,斗士常常看见金刚怒目。先生的理解可能有缺失。窃以为,静穆与金刚不对立。或者说,有金刚才有静穆。静穆完成自身之时,金刚已在其中。诗人几十年的人世修炼,凝成他那浑然一体的自然感受。他不想加以辨析的所谓真意,包含了自然、社会的矛盾律。

什么是矛盾律呢?简言之,矛盾的双方,你中有我,我中有你。

读陶诗,这一点非常重要。毋宁说,静穆来自静穆的对立面,来自人生的动荡与喧嚣。安静、宁静，一般人都能体验到。而静穆发生的概率很低，以浅显的文字加以揭示，不露痕迹地逼近、抵达，就更难了。

伟大的诗篇，永远是人类生活的稀罕物。

八

渊明写过《闲情赋》，是赞美女性的。不是一般意义上的赞美，而是热烈、激烈、奔放的赞美，别说古人，就是今天的某些人也会受不了。对女性之美直抒胸臆，评论家会皱眉头的。渊明赞美女性，和曹雪芹的"千红一哭万艳同悲"如出一辙。只不过，渊明惆怅，雪芹哀伤。

《闲情赋》近千字，我们摘录几句：

> 愿在衣而为领，承华首之余芳；悲罗襟之宵离，怨秋夜之未央。愿在裳而为带，束窈窕之纤身；嗟温凉之异气，或脱故而服新。愿在发而为泽，刷玄鬓于颓肩；悲佳人之屡沐，

从白水以枯煎。愿在眉而为黛，随瞻视以闲扬；悲脂粉之尚鲜，或取毁于华妆。……愿在丝而为履，附素足以周旋；悲行止之有节，空委弃于床前。愿在昼而为影，常依形而西东；……愿在夜而为烛，照玉容于两楹；……

翻成白话诗，大致是这样：我愿在她的漂亮服饰为衣领，承受那可爱的脑袋残留的芳香；可悲的是她晚上要脱掉衣服，秋夜漫长，使我惆怅。我愿在她的石榴裙上为衣带，束缚她轻盈纤细的腰身；可叹气温有变化，她随时可能换衣裳。我愿在她的黑发中做发膏，让她柔顺的黑发披散香肩；然而佳人常洗发，发膏一去不复回。我愿在她的细眉上为黛色，随她的美目顾盼四方；可她施粉讲究新鲜，纤手抹脸，让我毁于一旦……我愿做她脚上的绢丝鞋，随她雪白的双足走呀走；可叹她走走停停，忽然上床睡觉，把我扔在地上。我愿在阳光下做她的影子，随她的风流体态到处闲逛……我愿在深夜为红烛，在堂屋的两根柱子间，照亮她含羞带笑的容颜……

写到这儿，我也为之心动。渊明笔下的乡村女人，性感、泼辣，和戏台上的佳人很不同。所谓真性情，真到女人身上去了，细腻，而且日常化，好色之情奔来笔端，美感洋溢，连"止乎礼"都不要了。此前的辞赋，从屈原到曹植，没人如此露骨，光天化日想入非非，难怪道德专家要惊呼：把它从诗集中剔除！欣赏渊明的萧统也说它"白玉微瑕"。倒是鲁迅，建议日本的翻译家尊重它。

我记得，莎士比亚写《罗密欧与朱丽叶》，有类似的句子。罗密欧潜入朱丽叶的宅院，偷看佳人。而佳人倚窗台望月亮，一只戴白手套的纤手托住美丽的下巴，罗密欧感慨地说：我多么希望做她手上的白手套……

如果莎翁读过渊明，会改了重写。

渊明浑身静穆，也把男欢女爱包含在内了。

诗人中的诗人，真和美到极致了。

渊明的《咏荆轲》,就是鲁迅先生推崇的金刚怒目式:

君子死知己,提剑出燕京。
……
雄发指危冠,猛气充长缨。
……
惜哉剑术疏,奇功遂不成。
其人虽已没,千载有余情。

渊明写荆轲,与史书相印证,表明荆轲有勇气,缺剑术,本不是什么剑术高手。如今的武侠片重杀气,侠气是糊弄人的。导演们对侠的理解,跟司马迁、陶渊明相去甚远。此处闲笔提一句,不想多说。我所担心的,是针对传统文化的虚无主义:单一的理解,会导致单调的社会生活。

渊明五十八岁写《桃花源记》,此后"桃花源"三个字妇孺皆知。它是中国的乌托邦,理想中的和谐社会。

> 晋太元中，武陵人捕鱼为业，缘溪行，忘路之远近。忽逢桃花林，夹岸数百步，中无杂树，芳草鲜美，落英缤纷。

两年前（420）晋宋易代，刘裕称帝，渊明仍用东晋纪年，表明了他对新朝的态度。刘裕逼死晋恭帝，先用毒酒，后以被褥闷杀。渊明愤怒，写《述酒》影射，这是他平生最隐晦的一首诗。刘裕的手下如狼似虎，政治黑暗，苍生遭难。渊明描绘理想社会，有如流浪汉想象广厦千万间。这时他陷入贫困，断酒，甚至挨饿了。

桃花源内，却是一派欣欣向荣。

> 土地平旷，屋舍俨然，有良田、美池、桑竹之属……阡陌交通，鸡犬相闻……男女衣着，悉如外人。黄发垂髫，并怡然自得。

见渔人，乃大惊。

对乱世习以为常的打鱼人，忽然走进和谐社会，看见穿戴迥异的、怡然自得的老人小孩儿，双方都大吃一惊。

桃花源并非虚构，而是渊明听来的，描写有点理想化。他写实，也写出了强烈的向往。古代文人从秦汉起就寻仙成风，李白寻得最厉害。到苏东坡，不寻仙了，只希望能长寿。渊明是个例外，他反对神仙，甚至反驳彭祖长寿术。他的理想是桃花源式的生活，民风淳朴如上古时代，没有压迫，当然也就没有反抗，男女老少各得其所。北宋的大改革家王安石说：桃花源有父子无君臣。这表明，陶渊明式的乌托邦，没有儒家森严的等级。

自然界的欣欣向荣，渊明是见证者和揭示者。社会的欣欣向荣呢？阳光雨露禾苗壮，军阀打仗尸骨多。

桃花源内别有天地：渔人受到盛情款待，这

家请那家邀的。全村的人都跑来了，对渔人充满好奇。而他们的祖先早在几百年前，为避秦时战乱，躲进了桃花源。

问今是何世，乃不知有汉，无论魏晋。

国学大师陈寅恪，对《桃花源记》的取材作过详细考证。渊明写实，当无疑问。

眼下的影视剧常有这类镜头：官军来了，百姓鼠窜。几千年封建史，军队不是人民的军队，政府也不是人民的政府。皇权无处不显赫，百姓无处不可怜，比奴隶社会好不了多少。衙门里偶尔走出一个清官，百姓就感恩戴德叩头不已。社会生活中，权力所占的份额太大了，自由精神成长艰难。一代又一代，自由平等踪迹渺茫，知识分子也很难辨认。反观西方，权力经过无数次折腾，终于把它的对立面"自由"揭示出来了，二者互为"反运动"。群体有群体的力量，个体有个体的尊严。而古代中国老百姓，没有多少尊严，要么苟活，偷着乐，要么躲进桃花源，勉强做个自由人。说勉强，是因为这自由很脆弱。

中国幅员辽阔，山水阻隔，农耕时代自给自足，桃花源式的幸福村庄是完全可能的。皇帝的大手压下来，指缝中会有遗漏者。渊明式的乌托邦犹如一条漏网之鱼，千百年活蹦乱跳，受读书人和改革家高度关注。不难想象，历代皇帝，肯定不喜欢它。"普天之下，莫非王土。"渊明的小村庄，连个村长都没有，这不是造反吗？

中国封建史上，桃花源是个异数。可惜它仅仅是艺术和学术对象，生活中没有它成长壮大的空间。

九

渊明深情描绘桃花源，自己却陷入困顿，有一年重阳节，断酒了。《宋书》说："尝九月九日无酒，出宅边菊丛中坐久，值弘送酒至，即便就酗，醉而后归。"重阳节登高赋诗怀念亲朋，但渊明在这一天断酒，他想酒想得厉害。这次送酒的人是江州刺史王弘。这人为官不坏，公私分明，渊明喝他的酒，没啥心理负担。渊明在菊丛里等了很长时间，王弘才姗姗来迟，可能因为消息闭塞。布衣和官员平等交往，有时候，两个刺史，陪一个老农，谈话很投机。

官员的接济是有限的：清官钱少。渊明不哭穷，不敲门，不写李白写给韩荆州的那种求职信。官员调动频繁，也不可能经常照顾他。再说他性子倔，择友严，官员还怕请他不动呢。当官的想和他往来，首先得是朋友，比如王弘。

有一次王弘请他到庐山喝酒，他赤脚去的，大脚板上全是泥。王弘要为他做几双鞋，他坐地抬脚，让对方量尺寸。为了尊重刺史大人，他跑到溪水中洗了脚。五十多岁的人，蹿上跳下的，动作蛮利索。他不做官却名气大，在场的人都为他喝彩。他不坐轿，但经不住众人劝，还是抬腿上去了。竹轿在青山绿水间穿行，轿夫唱着山歌。他一悠一荡的，怪舒服。他会想：做官好呀，做官能坐轿。可是转眼间，思绪化入蓝天里的几朵停云。王弘的酒宴有排场，这也是官场老例。座上客皆有身份，衣冠整齐，表情严肃。唯有陶渊明，赤脚、短衣、白头巾，谈吐随意，笑声朗朗，回荡在山谷中。他酒量奇大，王刺史的幕僚们个个傻了眼。北宋写《醉翁亭记》的欧阳修，对他真是五体投地。菜肴太丰盛，渊明要打包，带回家让老婆孩子解解馋。王弘酒后吐真言：他在江州任上为时不多了，继任者可能是一个叫檀道济的，渊明未必喜欢。渊明说：管他呢。

渊明月夜下山，后人写诗形容他："醉舞下山去，明月逐人归。"

什么檀道济，他早忘了。

然而王弘和檀道济，我们却要记下。王弘，有些文献称王宏，他对渊明好，我们感谢他。至于檀道济，他也想对渊明好，但动机不纯。这个稍后再谈。

五十岁以后，渊明的物质生活时好时坏，总的说来是在走下坡路。他家的生活来源，主要是种田、收点园田居的租子、接受朋友的一些馈赠。战乱水利不兴，完全靠天吃饭，而家里人丁多，入不敷出。五个儿子，可能都做了农民，没有当官或当兵的记载。渊明五十一岁写《与子俨等疏》，写给陶俨、陶俟、陶份、陶佚、陶佟。这是穷困中的爸爸写给儿子们的信，句句发自肺腑，其中说："吾年过五十，少而穷苦，每以家弊，东西游走。"

当时渊明得了一场大病，觉得大限将至。他一辈子讲真话，这封家书，更是真得让人掉眼泪。年少饿肚子；中年敲门乞食拙言辞；暮年卧病，好在亲友不弃，纷纷送来药石。"每以家弊，东西游走"八个字，说出多少辛酸。他活得太明白，知道这是什么世道，自己是什么样的一个人。

"性刚才拙，与物多忤"，又是八个字，说

尽自己一生，与官场之人合不来。

他感伤地说："使汝幼而饥寒……汝辈稚小家贫，每役柴水之劳，何时可免，念之在心……汝等虽不同生，当思四海之内皆兄弟之义。"

长子陶俨是早逝的前妻生的，其余四子，为翟氏所出。此时长子陶俨二十三岁，幼子陶佟十五岁。

五个从小干活的孩子，一个长年操劳、面带菜色的妻子，渊明的酸楚可想而知。然而这封家书，基调是硬朗的，目光是向上的。所有责备渊明不应该辞掉官职的人，当闭上他的尊口。

渊明的选择，乃是勇士所为。他所坚守的，不是什么狼性虎性，是人性。

他的《咏贫士》其七有这样几句：

一朝辞吏归，清贫略难俦。
年饥感仁妻，泣涕向我流。
丈夫虽有志，固为儿女忧。

《咏贫士》七首，写古代的七位贫士。有知识有操守方为"士"，咏贫士，表明他的坚决。孔子的孙子子思到卫国去传播孔子的思想，穷困潦倒，一个月只吃了九顿饭。渊明的目光投向这些"固穷"之人，其内心不言自明。后来苏轼被贬海南，也是常饿肚子，饿得头昏眼花了，急中生"智"，发明"阳光止饿法"，希望将太阳的热能直接转化为体能。

《有会而作》又说：

菽麦实所羡，孰敢慕甘肥。

菽是豆类总称，渊明有粗粮吃就很满足了，哪敢奢望大鱼大肉。

要命的是，渊明对美味并不陌生。

渊明晚景，一年不如一年，但也不是过不下去。家里没死人，他还有酒喝，写下不少传世之作。时值皇权更迭，外面打得昏天黑地。刘裕称帝，掉过头来杀功臣，渊明不屑一提。他有政治热情，但不写政治讽刺诗。他写《感士不遇赋》，讲明是追随司马迁和董仲舒。他读《史记》读了几十年，对敢于傲视汉武帝的司马迁心生向往。他们同为刚烈之士。

渊明过日子，和亲友们在一起，喝酒、串门、待客。谁家有事，不管喜事丧事麻烦事，总有他的身影、他笑呵呵的面容、他幽默的谈吐、他有趣的装束和举止。这人多么平常，又是多么不凡啊。人生多少事，只在谈笑间。中国历史几千年，到渊明这境界的，数人而已。难怪苏东坡这样的旷世伟人，言必称"渊明吾师"。

陶渊明与荷尔德林，同在天空之下大地之上，充满劳绩，诗意栖居。不同的是，渊明扎根中国的土地，流连于中国的乡村生活。也许他缺了哲学意味，缺了神性维度，但却弥漫着自然的气息、世俗的温情。

他是和蔼可亲的人，就像我们的亲人。

他说过:"落地为兄弟,何必骨肉亲。"

在人情冷漠的今天,这话让我们眼中含泪。但愿金钱社会对情感的压抑不会太长久!

十

渊明已是六十出头的老人,大限在望了。他对死亡,同样抱着平常心。他曾经和那位叫慧远的所谓高僧争论过,他不相信人死魂不灭。村里的人死了,开个追悼会,举行若干仪式,渊明是要参加的。他熟悉死亡,如同熟悉花谢草枯水东流。他是"向死存在"的,孔子说"未知生,焉知死",渊明略胜一筹,既知生亦知死。他还给自己写挽诗呢,其豁达平淡,千古一人,孔子、项羽、嵇康不及也。

江州刺史王弘走了,不久,檀道济来了。这是一个典型的杂心人,为官劣迹多,政声很坏。他出于私虑,请渊明出来做官,送去许多粮食和肉类。渊明不受。孩子们想吃肉,却将目光挪开,将双唇紧闭。翟氏带他们出去了。檀道济脸上过不去，索性把话挑明：乱世隐盛世出嘛，如今皇恩浩荡天下太平，你陶潜号称贤士，却躲在家里受穷挨饿，还拒绝我的好意，这恐怕不大好吧？

渊明回答：贤士？我恐怕够不上呀。把你的东西拿走吧，我还饿不死。

次年（元嘉四年，427）十一月，寒冷的冬天，渊明死于贫病交困。

我们来吟诵他写给自己的挽诗，三首选其一：

> 荒草何茫茫，白杨亦萧萧。
> 严霜九月中，送我出远郊。
> 四面无人居，高坟正嶕峣。
> 马为仰天鸣，风为自萧条。
> 幽室一已闭，千年不复朝。
> 千年不复朝，贤达无奈何。
> 向来相送人，各自还其家。
> 亲戚或余悲，他人亦已歌。

死去何所道，托体同山阿。

亲戚有悲伤的，他人有唱歌的，同是自然流露。这情景，再正常不过了，豪门大族的丧事有这等场面吗？杂心人能如此纯粹吗？死去的人不能再说话了，他的躯体托付永远沉默的山丘，入土为安。山岳在，人也在。

若干年前，我十九岁的妹妹刘亚梅因病去世，凋谢了鲜艳的生命之花，我把最后一句刻在了妹妹的墓碑上。

渊明这首诗，鲁迅先生很偏爱。先生写过《坟》，还在坟前照过相，发表给人看。研究先生的钱理群教授，写过《压在心上的坟》。莎士比亚的哈姆雷特，对死去的叔叔喋喋不休。罗曼·罗兰对死亡发出巨大的叹息。而海德格尔《存在与时间》中对死亡的研究，更是举世公认的杰出篇章……古今贤达，高度关注死亡，为什么呢？可能因为生命越是高扬，越能感受它的下坠吧！

生命越是流光溢彩，越能感受它的油尽灯灭吧！

渊明去世的这一年，王弘做了车骑大将军，颜延之做了中书侍郎，他们在朝廷做着高官，不会忘记渊明的妻子和孩子。悼念渊明的诔文，是颜延之写的。

渊明遗嘱：葬礼一切从简。

渊明的作品，在当时以及后来很长一段时间，并未受世人青睐。钟嵘的《诗品》，将诗歌列为上中下三品，渊明居中品。《文心雕龙》根本不提他。中国文学自汉赋起，堆砌辞藻、拿语言作排场的风气流行数百年，渊明贴近日常生活的田家语，用当时的标准看是很成问题的。包括后来的很多人质疑：怎么能用如此平淡的语言写诗呢？有个叫陈后山的文人，提的意见很能代表这种观点："陶渊明之诗，切于事情，但不文耳。"文就是修饰，讲华丽雕琢，搞语言排场。可见渊明在当时，确实是孤掌难鸣，也是孤军深入，更是异军突起。他是不折不扣的文坛外的大师。他喝他的酒，写他的诗，什么标准不标准，风气不风气的，哪管那些。他写作也不挣钱，不计较千秋万载名，如同栽花种地，一切出自天然。

什么是拿语言做排场呢？我们现在能看清楚了：这不过是权力的一种运行模式；或者说，是权力的伴生物。不是有个流行词叫话语权吗？赖有西学东渐，至今百余年了，我们凭着鲁迅讲的拿来主义，看事物的能力有所增强。我们看到——中国古代知识分子，必须对权力做出回应，哪怕他转过身去，悠悠然闲庭信步，或拔腿就跑逃之夭夭，都一样。

渊明一路向我们走来，并非取直线走大道，他的身影也是由模糊到清晰。有趣的是，清晰又有清晰的问题。

魏晋南北朝时期的文人，像曹植、阮籍、谢灵运、颜延之，名气都比渊明大。这个问题，到北宋还在激烈争论。文坛领袖欧阳修很生气，他针对散文及辞赋说："晋无文章，唯陶渊明《归去来兮辞》一篇而已。"他这一杆子,扫掉了两晋多少显赫文人。

唐朝,渊明的名声和谢朓、谢灵运、左思、鲍照等人在伯仲之间。到宋朝,渊明作为一流诗人的地位稳固了,苏东坡明确讲,渊明在李白杜甫之上。而东坡本人,至少和李杜是同级别的。近现代,推崇渊明的大师数不清:梁启超、王国维、刘师培、章太炎、陈寅恪、闻一多、朱自清、朱光潜、钱锺书……以渊明为符号的文化谱系得以确立,传承下去。历代评论、阐释,足以堆成一座山。学者们引用最多的,还是苏轼的评价。针对陶渊明人品,他说:"陶渊明欲仕则仕,不以求之为嫌,欲隐则隐,不以去之为高,饥则扣门而乞食,饱则鸡黍以延客,古今贤之,贵其真也。"

联系渊明的生存背景,特别是晋代愈演愈烈的门第观念,东坡这段话,真是说到家了。

针对诗歌艺术,苏轼又说:"吾于诗人,无

所甚好，独好渊明之诗。渊明作诗不多，然其诗质而实绮，癯而实腴。"——表面质朴，其实富丽堂皇；表面清瘦，其实丰腴。历代学者叹服：坡翁的眼光太厉害了！

渊明是中国最纯粹的诗人。自然，他也是最纯粹的人。

吊诡的是，由于渊明名气太大，历史也不放过他，各种各样的目光投向他，纠缠他，试图为自己所用。官场、商界、文坛，不管是素心人还是杂心人，君子还是小人，在官还是辞官，一律打他的旗号以示高洁。比如汪精卫就讲过：干一番大事之后"掉臂林泉"。汪精卫要干的大事，却是出卖民族，他掉进坟墓了。贪官、奸商，也纷纷拿渊明作幌子，钱捞足了，跑到乡下盖别墅，摇头晃脑吟陶诗："采菊东篱下，悠然见南山。"官场风气越糟糕，越是有人高喊陶渊明。各朝各代，例子太多了。陶渊明被搞得七零八落，面目模糊。

渊明对民族性格的影响，大于其他文人。

渊明是我们的头号乡村诗人，而今天的乡村正面临巨变。某些地域的城市化一日千里，逼向乡村，土地、河流、山峦、天空遭受威胁。这里，速度本身成为大问题，一百年内缓慢发生的事儿，如果在十年内全部发生，其后果是难以预估的；逼向自然的同时，也将摧毁生活世界，破坏生活的意蕴层，威胁文化的多样性。所以学者们惊呼：保护自然，保护一切多样性！

胡塞尔的现象学，就是针对科技造成的单一模式的思考。对科学技术，西方有强大的反思潮流。海德格尔非常精当地称之为"反运动"，类似量子力学领域的物质和反物质。

时令已近冬至，我昨天看新闻，莫斯科的气温，竟然和温暖如春的川西坝子差不多。我吃了一惊：真要坏事儿啦，人类真要聪明反被聪明误？

无节制的城市化、机械化，将自然变成存货，灾难将以难以察觉的方式逼近我们。你的速度快，自然反弹的速度更快。莎士比亚说："上帝欲其死亡，必先令其疯狂！"

而城市生活一旦失掉乡村生活的参照，将陷入喧嚣与浮躁的恶性循环，怪模怪样的东西层出不穷。单说自然现象：雨不像雨，风不像风，太阳不像太阳，月亮不像月亮。这是地球村的村民们前进的方向吗？

对于这些问题，渊明的诗是一服良药，清热解毒醒脑。

就传播来看，渊明不如荷尔德林幸运。经过海德格尔的推崇，荷尔德林名声大增，甚至盖过荷马、歌德、席勒。眼下德国各大学，荷尔德林的诗是必修课。渊明那些亲切的田家语，可否让今天的学子们都来背几首吗？

在当下，陶渊明的意义，可能怎么强调也不过分。他应当变成一个符号，并且，迅速地清晰起来。

我们拿他的句子作结语：

悟已往之不谏，知来者之可追；
实迷途其未远，觉今是而昨非！

/ 渊明小传 /

渊明的诗

停云

刘小川 读陶渊明

停云,思亲友也。罇湛新醪①,园列初荣②。愿言不从③,叹息弥襟。

霭霭④停云,濛濛⑤时雨。

八表⑥同昏,平路伊阻。

静寄东轩,春醪独抚⑦。

良朋悠邈,搔首延伫⑧。

停云霭霭,时雨濛濛。

八表同昏,平陆成江。

有酒有肉,闲饮东窗。

愿言怀人,舟车靡从。

东园之树,枝条载荣⁹。

　竞用新好,以怡余情。

人亦有言,日月于征⁰。

安得促席⁰,说彼平生?

翩翩飞鸟,息我庭柯⁰,

　敛翩闲止,好声相和。

岂无他人,念子实多。

愿言不获,抱恨如何。

注释

① 新醪:新酿的浊酒。
② 初荣:初开的花。
③ 愿言不从:意思是思念友人而不得见。愿,思念。言,语气助词。不从,不能如愿。
④ 霭霭:云层密集的样子。
⑤ 濛濛:微雨绵绵的样子。
⑥ 八表:八方以外极远的地方,泛指天地之间。

⑦抚:持,这里指把着酒杯。
⑧延伫:长时间地站立等待。
⑨载荣:开始繁荣。
⑩日月于征:日月如梭,指时光流逝。征,行。
⑪促席:指彼此坐得很近。
⑫庭柯:庭院里的树枝。

时运

时运，游暮春也。春服既成，景物斯和，偶影独游①，欣慨交心②。

迈迈时运，穆穆③良朝。
袭我春服，薄言东郊④。
山涤余霭⑤，宇暧微霄⑥。
有风自南，翼彼新苗⑦。

洋洋⑧平泽，乃漱乃濯。
邈邈遐景，载欣载瞩。
称心而言，人亦易足⑨。
挥兹一觞，陶然自乐。

延目中流,悠悠清沂。

童冠齐业,闲咏以归。

我爱其静⑩,寤寐交挥⑪。

但怅殊世⑫,邈不可追。

斯晨斯夕,言息其庐。

花药分列,林竹翳如⑬。

清琴横床,浊酒半壶。

黄唐莫逮⑭,慨独在余。

注释

① 偶影独游:以自己的身影为伴。
② 欣慨交心:欢欣和感慨交织于心。
③ 穆穆:温和、宁静。
④ 薄言东郊:到东郊去。言,语气助词。
⑤ 霭:云气。
⑥ 霄:指雨后彩虹。

⑦ 翼彼新苗：使新苗像翅膀一样挥动。
⑧ 洋洋：水盛大的样子。
⑨ 易足：容易满足。
⑩ 其静：指曾皙的清静之风。
⑪ 交挥：向往。
⑫ 殊世：不同时代。
⑬ 翳如：茂密的样子。
⑭ 黄唐莫逮：黄帝和唐尧的时代也比不上（孔子的时代）。黄，黄帝。唐，唐尧。

荣木

荣木①,念将老也。日月推迁,已复九夏②。总角③闻道,白首无成。

采采④荣木,结根于兹。

晨耀其华,夕已丧之。

人生若寄⑤,憔悴⑥有时。

静言孔念⑦,中心怅而⑧。

采采荣木,于兹托根。

繁华朝起,慨暮不存。

贞脆⑨由人,祸福无门。

匪道曷依,匪善奚敦⑩?

嗟予小子，禀兹固陋。

徂年⑪既流，业不增旧。

志彼不舍，安此日富⑫。

我之怀矣，怛⑬焉内疚。

先师⑭遗训，余岂之坠⑮？

四十无闻⑯，斯不足畏。

脂⑰我名车，策我名骥。

千里虽遥，孰敢不至。

注释

① 荣木：木槿。其花朝生暮落。
② 九夏：夏季的第三个月，指夏末。
③ 总角：古代未成年人把头发扎成的左右两个髻，代指幼年。
④ 采采：茂盛的样子。
⑤ 寄：旅居。
⑥ 憔悴：枯槁黄瘦的样子。

⑦静言孔念：安静下来就非常想念。
⑧怅而：怅然。
⑨贞脆：坚贞与脆弱。
⑩匪道曷依，匪善奚敦：不遵行圣贤之道，还能遵循什么？不行善，还能敦行什么？
⑪徂年：流年。
⑫日富：指一味醉酒。
⑬怛：伤痛的样子。
⑭先师：指孔子。
⑮之坠：坠之，抛弃之。之，指遗训。
⑯闻：名声
⑰脂：用油涂车轴。

饮酒二十首（选二首）

其五

结庐①在人境，而无车马喧。
问君何能尔②？心远地自偏。
采菊东篱下，悠然③见南山。
山气日夕④佳，飞鸟相与还。
此中有真意，欲辨已忘言。

注释

① 结庐：建造房舍。
② 尔：如此，这样。
③ 悠然：闲适淡泊的样子。
④ 日夕：傍晚。

其七

秋菊有佳色,裛①露掇其英。

泛此忘忧物②,远我遗世情。

一觞虽独进,杯尽壶自倾。

日入群动息,归鸟趋林鸣。

啸傲东轩下,聊复得此生。

注释
① 裛:浸润,沾湿。
② 忘忧物:指酒。

归园田居五首

其一

少无适俗韵①，性本爱丘山。
误落尘网中，一去三十年。
羁鸟②恋旧林，池鱼思故渊。
开荒南野际，守拙③归园田。
方宅十余亩，草屋八九间。
榆柳荫后檐，桃李罗堂前。
暧暧④远人村，依依⑤墟里⑥烟。
狗吠深巷中，鸡鸣桑树颠。
户庭无尘杂，虚室有余闲。
久在樊笼⑦里，复得返自然。

注释

① 韵：本性、气质。
② 羁鸟：被束缚的鸟。
③ 守拙：意思是不随波逐流，固守节操。
④ 暧暧：昏暗、隐蔽的样子。
⑤ 依依：指轻柔而缓慢地飘升。
⑥ 墟里：村落。
⑦ 樊笼：比喻官场生活。

其二

野外罕人事①,穷巷寡轮鞅②。

白日掩荆扉③,虚室④绝尘想。

时复墟曲⑤中,披草共来往。

相见无杂言,但道桑麻长。

桑麻日已长,我土日已广。

常恐霜霰至,零落同草莽。

注释

① 罕人事:人迹罕至。
② 寡轮鞅:少车马。
③ 荆扉:柴门。
④ 虚室:指内心。
⑤ 墟曲:村落。

其三

种豆南山下,草盛豆苗稀。
晨兴理①荒秽,带月荷锄归。
道狭草木长,夕露沾我衣。
衣沾不足惜,但使愿无违。

注释

① 理:整理、治理。

其四

久去①山泽游，浪莽②林野娱。

试③携子侄辈，披④榛步荒墟。

徘徊丘垄⑤间，依依⑥昔人居。

井灶有遗处，桑竹残朽株。

借问采薪者，此人皆焉如⑦？

薪者向我言，死没无复余。

一世异朝市，此语真不虚。

人生似幻化，终当归空无。

注释

① 去：离开。
② 浪莽：形容林野的广大。
③ 试：姑且。

④披：用手分开。
⑤丘垄：墓地。
⑥依依：隐约可辨。
⑦焉如：到哪里去了。

其五

怅恨独策还①,崎岖历榛曲②。

山涧清且浅,可以濯吾足。

漉③我新熟酒,只鸡招近局④。

日入室中闇⑤,荆薪代明烛。

欢来⑥苦夕短,已复至天旭。

注释

① 策还:扶杖而还。
② 榛曲:灌木丛生的蜿蜒曲折的道路。
③ 漉:用布过滤酒。
④ 近局:近邻。
⑤ 闇:暗。
⑥ 来:语气助词。

乞食

刘小川 / 读陶渊明

饥来驱我去，不知竟何之！

行行至斯里，叩门拙言辞。

主人解余意，遗赠岂虚来？

谈谐终日夕，觞至辄倾杯。

情欣新知①欢，言咏遂赋诗。

感子漂母②惠，愧我非韩才③。

衔戢④知何谢，冥报以相贻。

注释

① 新知：新交的朋友。
② 漂母：《史记·淮阴侯列传》记载，韩信少年时家贫，有一次他在饥饿的时候来到河边钓鱼，一个洗衣服的妇人看到他可怜，不图回报地把自己的食物给他吃。这里指馈赠食物。

③韩才：韩信一样的才能。
④衔戢：深藏于心，这里指表示衷心的感谢。

戊申岁六月中遇火

草庐寄穷巷，甘以辞华轩。
正夏长风急，林室顿①烧燔。
一宅无遗宇，舫舟荫门前。
迢迢新秋夕，亭亭月将圆。
果菜始复生，惊鸟尚未还。
中宵伫遥念，一盼周九天。
总发抱孤介②，奄③出四十年。
形迹凭化④往，灵府⑤长独闲。
贞刚自有质，玉石乃非坚。
仰想东户⑥时，余粮宿中田。
鼓腹无所思，朝起暮归眠。
既已不遇兹，且遂灌我园。

注释

① 顿：突然
② 孤介：操守严谨，不同流合污。
③ 奄：忽，很快地。形容时间流逝迅速。
④ 化：造化，自然。
⑤ 灵府：指心。
⑥ 东户：东户季子，传说中古太平时代的君王。

移居二首

其一

刘小川 读陶渊明

昔欲居南村，非为卜其宅①。

闻多素心人②，乐与数晨夕③。

怀此颇有年，今日从兹役④。

弊庐何必广，取足⑤蔽床席。

邻曲时时来，抗言⑥谈在昔。

奇文共欣赏，疑义相与析。

注释

① 卜其宅：用卜筮测算房屋吉凶。
② 素心人：心地纯朴的人。

③数晨夕:指过日子。
④兹役:指移居。
⑤取足:得到满足。
⑥抗言:高谈妙论。

渊明的诗

其二

春秋多佳日,登高赋新诗。

过门更相呼,有酒斟酌之。

农务各自归,闲暇辄相思。

相思则披衣,言笑无厌时。

此理将不胜,无为忽去兹。

衣食当须纪①,力耕不吾欺。

注释

① 纪:料理。

和郭主簿二首

其一

蔼蔼①堂前林,中夏②贮清阴。

凯风因时来③,回飙开我襟。

息交游闲业④,卧起弄书琴。

园蔬有余滋⑤,旧谷犹储今。

营己⑥良有极⑦,过足非所钦。

舂秫⑧作美酒,酒熟吾自斟。

弱子戏我侧,学语未成音。

此事真复乐,聊用忘华簪。

遥遥望白云,怀古一何深!

注释

① 蔼蔼：茂盛的样子。
② 中夏：仲夏。
③ 凯风：南风。
④ 闲业：指弹琴读书等业艺。
⑤ 余滋：指作物繁盛有余。
⑥ 营己：经营自己的生活。
⑦ 极：止境。
⑧ 秫：黏高粱，用于酿酒。

其二

和泽周^①三春,清凉素秋节。

露凝无游氛^②,天高肃景^③澈。

陵岑^④耸逸峰,遥瞻皆奇绝。

芳菊开林耀,青松冠岩列。

怀此贞秀姿,卓为霜下杰。

衔觞念幽人,千载抚^⑤尔诀。

检素不获展,厌厌^⑥竟良月。

注释

① 周:遍。
② 游氛:游动的云气。
③ 肃景:"肃"为"夙"之讹,这里指早晨景色。
④ 陵岑:泛指山。
⑤ 抚:把握。

⑥厌厌:同"恹恹",情绪不佳的样子。

刘小川
读陶渊明

与殷晋安① 别

殷先作晋安南府长史掾,因居浔阳。后作太尉参军,移家东下,作此以赠。

游好② 非久长,一遇尽殷勤。
信宿③ 酬清话,益复知为亲。
去岁家南里,薄作少时④ 邻。
负杖肆游从,淹留忘宵晨。
语默⑤ 自殊势,亦知当乖分⑥。
未谓⑦ 事已及⑧,兴言在兹春。
飘飘西风来,悠悠东去云。
山川千里外,言笑难为因⑨。
良才不隐世,江湖多贱贫。
脱⑩ 有经过便,念来存故人。

注释

① 殷晋安：名铁，字景仁，曾任江州晋安郡南府长史掾，所以称他为殷晋安。
② 游好：交游相好。
③ 信宿：连宿两夜。古代一宿曰宿，再宿曰信。
④ 少时：短时间。
⑤ 语默：出仕与隐居。
⑥ 乖分：分离。
⑦ 未谓：没想到。
⑧ 事已及：分别之事已经来临。
⑨ 因：因缘。
⑩ 脱：倘若。

岁暮和张常侍①

市朝②凄旧人,骤骥③感悲泉。
明旦非今日,岁暮余何言!
素颜敛光润,白发一已繁。
阔④哉秦穆谈,旅力岂未愆⑤!
向夕长风起,寒云没西山。
洌洌气遂严,纷纷飞鸟还。
民生鲜长在,矧伊⑥愁苦缠。
屡阙清酤至,无以乐当年。
穷通⑦靡攸虑,憔悴由化迁。
抚己有深怀,履运增慨然

注释
① 张常侍:陶渊明的乡亲张野。
② 市朝:指朝廷官府。

③骤骥：原指快马，这里引伸为白驹之过隙。
④阔：迂阔。
⑤怼：消失。
⑥矧伊：何况。
⑦穷通：困厄与发达。

癸卯岁始春怀古田舍二首

其一

在昔①闻南亩,当年竟未践②。

屡空③既有人,春兴④岂自免?

夙⑤晨装吾驾,启涂情已缅⑥。

鸟哢⑦欢新节,泠风⑧送余善。

寒草被荒蹊,地为罕人远。

是以植杖翁⑨,悠然不复返。

即理愧通识,所保讵乃浅。

注释

① 在昔：过去，以前。
② 未践：没有亲自耕种。
③ 屡空：常常贫穷。
④ 春兴：春天的耕种。
⑤ 夙：早。
⑥ 缅：远。
⑦ 哢：鸟叫。
⑧ 泠风：小风，和风。
⑨ 植杖翁：指隐士丈人。

其二

先师①有遗训，忧道不忧贫。

瞻望邈难逮，转欲志长勤。

秉耒②欢时务，解颜劝③农人。

平畴交远风，良苗亦怀新。

虽未量岁功，即事多所欣。

耕种有时息，行者无问津。

日入相与归，壶浆劳近邻。

长吟掩柴门，聊④为陇亩民⑤。

注释

① 先师：指孔子。
② 耒：犁柄，这里指农具。
③ 劝：勉励。

④聊：姑且。
⑤陇亩民：田野里的人。

读陶渊明　刘小川

责子

白发被①两鬓，肌肤不复实②。

虽有五男儿，总不好纸笔。

阿舒已二八③，懒惰故无匹④。

阿宣行志学⑤，而不爱文术。

雍端年十三，不识六与七。

通子垂九龄，但觅梨与栗。

天运苟如此，且进杯中物。

注释

① 被：覆盖。
② 实：结实。
③ 二八：十六岁。
④ 匹：匹敌。
⑤ 志学：十五岁。

有会而作

读陶渊明 刘小川

旧谷即没,新谷未登,颇①为老农,而值年灾。日月尚悠,为患未已。登岁之功,既不可希。朝夕所资②,烟火裁通③。旬日已来,始念饥乏。岁云夕矣,慨然永怀。我今不述,后生何闻哉!

弱年逢家乏,老至更长饥。
菽④麦实所羡,孰敢慕甘肥⑤!
怒⑥如亚九饭⑦,当暑厌寒衣。
岁月将欲暮,如何辛苦悲。
常善粥者心,深恨蒙袂非。
嗟来何足吝,徒没空自遗。
斯滥⑧岂彼志,固穷夙所归。
馁⑨也已矣夫,在昔余多师。

注释

① 颇：甚，久。
② 资：需要。
③ 烟火裁通：仅仅能维持不断炊。裁，同"才"。
④ 菽：豆类的总称。
⑤ 甘肥：指美味佳肴。
⑥ 惄：饥饿。
⑦ 亚九饭：指子思一个月只能吃九顿饭。"亚九"，逯本认为是"无恶"之讹。
⑧ 斯滥：没有操守。
⑨ 馁：饥饿。

拟古九首（选三首）

其一

荣荣窗下兰，密密堂前柳。

初与君别时，不谓行当久。

出门万里客，中道①逢嘉友。

未言心相醉，不在接杯酒。

兰枯柳亦衰，遂令此言负。

多谢②诸少年，相知不中厚③。

意气倾人命④，离隔⑤复何有？

注释

① 中道:中途。
② 谢:告知,告诫。
③ 中厚:厚道。
④ 倾人命:坑害人命。
⑤ 离隔:分离。

其八

少时壮且厉①,抚剑独行游。
谁言行游近?张掖至幽州。
饥食首阳薇,渴饮易水流②。
不见相知人,惟见古时丘。
路边两高坟,伯牙与庄周。
此士难再得,吾行欲何求?

注释

① 厉:刚烈。
② 饥食首阳薇,渴饮易水流:饿了就吃首阳山上的薇草,渴了就喝易水的水。表达了作者的愤世之情。

其九

种桑长江边①,三年②望当采。

枝条始欲茂,忽值山河改。

柯③叶自摧折,根株浮沧海。

春蚕既无食,寒衣欲谁待。

本不植高原,今日复何悔!

注释

① 种桑长江边:以桑树象征晋朝国运。
② 三年:义熙十四年(418)刘裕杀安帝立恭帝,至元熙二年(420)刘裕逼迫安帝禅位,前后正好三年。
③ 柯:树枝。

杂诗十二首（选五首）

刘小川 读陶渊明

其一

人生无根蒂，飘如陌上尘。

分散逐风转，此已非常身。

落地①为兄弟，何必骨肉亲！

得欢当作乐，斗酒聚比邻。

盛年不重来，一日难再晨。

及时当勉励，岁月不待人。

注释

① 落地：降生。

其三

荣华难久居，盛衰不可量①。

昔为三春蕖②，今作秋莲房。

严霜结野草，枯悴未遽央③。

日月还复周，我去不再阳。

眷眷往昔时，忆此断人肠。

注释

① 量：估量。
② 蕖：芙蕖，即荷花。
③ 央：尽。

其四

丈夫志四海，我愿不知老。

亲戚共一处，子孙还相保①。

觞弦肆②朝日，樽中酒不燥③。

缓带④尽欢娱，起晚眠常早。

孰若⑤当世士，冰炭⑥满怀抱。

百年归丘垄，用此空名道！

注释

① 相保：相互依靠。
② 肆：陈列。
③ 燥：干，这里引申为空。
④ 缓带：放宽衣带。
⑤ 孰若：哪像。
⑥ 冰炭：指内心冲突。

其六

昔闻长者言①,掩耳每不喜。
奈何五十年,忽已亲此事。
求我盛年欢,一毫无复意。
去去转欲远,此生岂再值②?
倾家持作乐,竟此岁月驶。
有子不留金,何用身后置。

注释

① 长者言:指老人回忆往事。
② 值:遇到。

其十一

我行未云远,回顾惨风凉。

春燕应节起,高飞拂尘梁①。

边雁悲无所②,代谢③归北乡。

离鹍④鸣清池,涉暑经秋霜。

愁人⑤难为辞,遥遥春夜长。

注释

① 尘梁:落满尘埃的屋梁。
② 无所:无处所,没有停留之处。
③ 代谢:有顺应时节变化之意。
④ 离鹍:离群的鹍鸡。
⑤ 愁人:指诗人自己。

咏贫士七首（选三首）

其一

万族各有托，孤云①独无依。

暧暧空中灭，何时见余晖。

朝霞开宿雾，众鸟相与飞。

迟迟出林翮，未夕复来归。

量力②守故辙，岂不寒与饥？

知音苟不存，已矣何所悲。

注释

① 孤云：比喻贫士。
② 量力：尽力。

其四

安贫守贱者,自古有黔娄①。

好爵吾不荣,厚馈吾不酬。

一旦寿命尽,弊服仍不周。

岂不知其极?非道故无忧。

从来将千载,未复见斯俦。

朝与仁义生,夕死复何求。

注释

① 黔娄:战国时的贫士。

其七

昔有黄子廉,弹冠佐名州。
一朝辞吏归,清贫略难俦。
年饥感仁妻,泣涕向我流。
丈夫虽有志,固为儿女忧。
惠孙一晤叹,腆赠竟莫酬。
谁云固穷难,邈哉此前修。

读《山海经》十三首(选二首)

其一

孟夏草木长,绕屋树扶疏①。

众鸟欣有托,吾亦爱吾庐。

既耕亦已种,时还读我书。

穷巷隔深辙,颇回②故人车。

欢然酌春酒,摘我园中蔬。

微雨从东来,好风与之俱。

泛览周王传③,流观山海图④。

俯仰终宇宙,不乐复何如?

注释

① 扶疏：枝叶茂盛，纷纷垂下的样子。
② 回：转回，掉转。
③ 周王传：指《穆天子传》。
④ 山海图：指《山海经图》。

其十

精卫衔微木,将以填沧海。
刑天舞干戚①,猛志固常在。
同物既无虑,化去不复悔。
徒设在昔心,良辰讵可待。

注释

① 干戚:盾和大斧。

咏荆轲

燕丹善养士，志在报强嬴①。
招集百夫良②，岁暮得荆卿。
君子死知己，提剑出燕京。
素骥鸣广陌，慷慨送我行。
雄发指危冠，猛气冲长缨。
饮饯易水上，四座列群英。
渐离击悲筑，宋意唱高声。
萧萧哀风逝，淡淡寒波生。
商音更流涕，羽奏壮士惊。
心知去不归，且有后世名。
登车何时顾，飞盖入秦庭。
凌厉越万里，逶迤过千城。
图穷事自至，豪主正怔营。

惜哉剑术疏，奇功遂不成。

其人虽已没，千载有余情。

/刘小川 读陶渊明/

注释

① 强嬴：指秦国。
② 百夫良：百里挑一的勇士。

拟挽歌辞三首（其三）

荒草何^①茫茫，白杨亦萧萧^②。

严霜九月中，送我出远郊^③。

四面无人居，高坟正嶕峣^④。

马为仰天鸣，风为自萧条。

幽室^⑤一已闭，千年不复朝^⑥。

千年不复朝，贤达无奈何。

向来^⑦相送人，各自还其家。

亲戚或余悲，他人亦已歌。

死去何所道，托体同山阿。

注释

① 何：多么。
② 萧萧：风吹树叶的声音。

③ 送我出远郊：指出殡送葬。
④ 嶕峣：高耸的样子。
⑤ 幽室：指墓穴。
⑥ 千年不复朝：永远不见天日。
⑦ 向来：刚才。

桃花源诗

嬴氏①乱天纪②，贤者避其世。

黄绮③之商山，伊人亦云逝。

往迹浸复湮，来径遂芜废。

相命肆④农耕，日入从所憩。

桑竹垂余荫，菽稷⑤随时艺⑥。

春蚕收长丝，秋熟靡⑦王税。

荒路暧⑧交通，鸡犬互鸣吠。

俎豆⑨犹古法，衣裳无新制。

童孺纵行歌，班白欢游诣。

草荣识节和，木衰知风厉。

虽无纪历志，四时自成岁。

怡然有余乐，于何劳智慧？

奇踪隐五百，一朝敞神界。

淳^⑩薄^⑪既异源，旋复还幽蔽。

借问游方士^⑫，焉测尘嚣外。

愿言蹑清风，高举寻吾契^⑬。

注释

① 嬴氏：即秦始皇嬴政。
② 天纪：日月星辰历数，这里指社会秩序。
③ 黄绮：夏黄公、绮里季夏。这里指商山四皓。
④ 肆：尽力。
⑤ 菽稷：泛指粮食作物。
⑥ 艺：种植。
⑦ 靡：没有。
⑧ 暧：遮蔽。
⑨ 俎豆：古代祭祀用的礼器。
⑩ 淳：桃花源淳朴之风。
⑪ 薄：世间浮薄之风。
⑫ 游方士：游于方外之人。
⑬ 契：志同道合之人。

渊明的文

桃花源记

晋太元①中,武陵②人捕鱼为业。缘③溪行,忘路之远近。忽逢桃花林,夹岸数百步,中无杂树,芳草鲜美,落英④缤纷⑤。渔人甚异之,复前行,欲穷其林。

林尽水源⑥,便得一山,山有小口,仿佛若有光。便舍船,从口入。初极狭,才通人。复行数十步,豁然开朗。土地平旷,屋舍俨然⑦,有良田、美池、桑竹之属⑧。阡陌交通,鸡犬相闻。其中往来种作,男女衣着,悉如外人。黄发垂髫⑨,并怡然自乐。

见渔人,乃大惊,问所从来。具⑩答之。便要⑪还家,设酒杀鸡作食。村中闻有此人,咸⑫来问讯。自云先世避秦时乱,率妻子⑬邑人来此绝境⑭,不复出焉,遂与外人间隔。问今是何世,乃⑮不知有汉，无论⑯魏晋。此人一一为具言所闻，皆叹惋⑰。余人各复延⑱至其家，皆出酒食。停数日，辞去。此中人语云："不足⑲为外人道也。"

既出，得其船，便扶向路⑳，处处志㉑之。及郡㉒下，诣㉓太守，说如此。太守即遣人随其往，寻向所志，遂迷，不复得路。

南阳㉔刘子骥㉕，高尚士也，闻之，欣然规㉖往。未果㉗，寻㉘病终。后遂无问津㉙者。

注释

① 太元：东晋孝武帝司马曜年号（376—396）。
② 武陵：郡名，治所在今湖南常德。
③ 缘：沿着，顺着。
④ 落英：落花。一说是初开的花。
⑤ 缤纷：繁多的样子。
⑥ 林尽水源：意思是桃林尽头即溪水源头。
⑦ 俨然：整齐的样子。

⑧属:类。
⑨黄发垂髫:指老人和小孩。
⑩具:详细。
⑪要:同"邀",邀请。
⑫咸:全,都。
⑬妻子:妻子儿女。
⑭绝境:与人世隔绝的地方。
⑮乃:竟然,居然。
⑯无论:不要说,更不必说。
⑰叹惋:感叹。
⑱延:邀请。
⑲不足:不可,不必。
⑳便扶向路:就顺着旧路(回去)。
㉑志:做记号。
㉒郡:指武陵郡。
㉓诣:拜访。
㉔南阳:郡名,在今河南南阳一带。
㉕刘子骥:名骥之,字子骥,《晋书·隐逸传》里说他"好游山泽"。
㉖规:打算,计划。
㉗未果:没有实现。
㉘寻:随即,不久。
㉙问津:访求。

归去来兮辞·并序

余家贫,耕植不足以自给。幼稚盈室,瓶无储粟,生生①所资,未见其术②。亲故多劝余为长吏,脱然③有怀④,求之靡途⑤。会有四方之事⑥,诸侯⑦以惠爱为德,家叔⑧以余贫苦,遂见用于小邑。于时风波⑨未静,心惮远役,彭泽⑩去家百里,公田之利,足以为酒。故便求之。及少日,眷然⑪有归欤之情。何则?质性⑫自然,非矫厉⑬所得。饥冻虽切,违己⑭交病。尝从人事,皆口腹自役⑮。于是怅然慷慨,深愧平生之志。犹望一稔⑯,当敛裳宵逝⑰。寻程氏妹⑱丧于武昌,情在骏奔⑲,自免去职。仲秋至冬,在官八十余日。因事顺心⑳,命篇曰《归去来兮》。乙巳㉑岁十一月也。

归去来兮,田园将芜胡㉒不归?既自以心为形役㉓,奚㉔惆怅而独悲?悟已往之不谏,知来者之可追。实迷途其未远,觉今是而昨非。舟遥遥㉕以轻飏,风飘飘而吹衣。问征夫以前路,恨晨光之熹微。

乃瞻衡宇㉖,载㉗欣载奔。僮仆欢迎,稚子候门。三径㉘就荒,松菊犹存。携幼入室,有酒盈樽。引壶觞以自酌,眄㉙庭柯以怡颜。倚南窗以寄傲,审㉚容膝㉛之易安。园日涉以成趣,门虽设而常关。策扶老㉜以流憩,时矫首㉝而遐观。云无心以出岫㉞,鸟倦飞而知还。景㉟翳翳㊱以将入,抚孤松而盘桓。

归去来兮,请息交以绝游。世与我而相遗,复驾言兮焉求?悦亲戚之情话,乐琴书以消忧。农人告余以春及,将有事于西畴㊲。或命巾车㊳,或棹孤舟。既窈窕㊴以寻壑,亦崎岖而经丘。木欣欣以向荣,泉涓涓而始流。善㊵万物之得时,感吾生之行休㊶。

已矣乎㊷!寓形宇内㊸复几时?曷不委心㊹任去留?胡为乎遑遑㊺欲何之?富贵非吾愿,帝乡㊻不可期。怀良辰以孤往,或植杖而耘耔。登东皋以舒啸,临清流而赋诗。聊乘化⁴⁷以归尽,乐夫天命复奚疑!

注释

① 生生:维持生活。
② 术:这里指经营生计办法。
③ 脱然:喜悦、舒畅的样子。
④ 有怀:有所考虑。
⑤ 靡途:没有门路。
⑥ 四方之事:指刘裕等的起兵勤王。
⑦ 诸侯:特指刘裕等人。
⑧ 家叔:作者的叔父陶夔,当时任太常卿。
⑨ 风波:指军阀混战。
⑩ 彭泽:县名,在今江西湖口东。
⑪ 眷然:依恋的样子。
⑫ 质性:本性。
⑬ 矫厉:勉强造作。
⑭ 违己:违反自己的本心。
⑮ 口腹自役:为了谋生糊口而役使自己。
⑯ 一稔:庄稼成熟一次,此指一年。
⑰ 敛裳宵逝:收拾衣装,星夜离去。
⑱ 程氏妹:嫁到程家的妹妹。

⑲ 情在骏奔：指吊丧的心情很急迫。
⑳ 因事顺心：因辞官而顺遂心愿。
㉑ 乙巳：晋安帝义熙元年（405）。
㉒ 胡：何，为什么。
㉓ 以心为形役：让精神被形体役使。形，形体，指身体。
㉔ 奚：何，为什么。
㉕ 遥遥：漂摇放流的样子。
㉖ 衡宇：指简陋的房屋。
㉗ 载：语助词，有"且""乃"的意思。
㉘ 三径：东汉末，兖州刺史蒋诩隐居后，在屋前竹下开辟三径，只与求仲、羊仲来往。此指园庭内小路。
㉙ 眄：斜视，这里有"随便看看"的意思。
㉚ 审：诚然，真正是。
㉛ 容膝：形容居室狭小，仅能容纳双膝。
㉜ 扶老：手杖。
㉝ 矫首：抬起头。
㉞ 岫：山峰。
㉟ 景：日光。
㊱ 翳翳：阴暗的样子。
㊲ 畴：田地。
㊳ 巾车：有布篷的小车。
㊴ 窈窕：深远曲折的样子。
㊵ 善：赞美。
㊶ 行休：将要结束。
㊷ 已矣乎：算了吧！助词"乎""矣"连用，加强感叹语气。
㊸ 寓形宇内：身体寄托在天地间。

㊹ 委心：随自己的心意。
㊺ 遑遑：心神不定的样子。
㊻ 帝乡：天帝居住的地方，指仙境。
㊼ 乘化：顺随自然的运转变化。

渊明的文

闲情赋·并序

　　初，张衡①作《定情赋》，蔡邕②作《静情赋》，检③逸辞而宗澹泊，始则荡④以思虑，而终归闲正。将以抑流宕之邪心，谅有助于讽谏。缀文⑤之士，奕代⑥继作；并因触类，广其辞义。余园闾多暇，复染翰⑦为之；虽文妙不足，庶⑧不谬作者之意乎。

　　夫何瓌逸⑨之令姿，独旷世⑩以秀群；表倾城之艳色，期有德于传闻。佩鸣玉以比洁，齐幽兰以争芬；淡柔情于俗内⑪，负雅志于高云。悲晨曦之易夕⑫，感人生之长勤；同一尽于百年，何欢寡而愁殷⑬！褰朱帏而正坐，泛清瑟以自欣。送纤指之余好，攘皓袖之缤纷；瞬美目以流盼，含言笑而不分⑭。曲调将半，景⑮落西轩。悲商叩林⑯，白云依山。仰睇⑰天路，俯促鸣弦。神仪妩媚，举止详妍。激清音以感余，愿接膝⑱以交言。欲自往以结誓，惧冒礼⑲之为愆⑳；待凤鸟以致辞，恐他人之我先。意惶惑而靡宁，魂须臾而九迁㉑。

愿在衣而为领，承华首㉒之余芳；悲罗襟之宵离㉓，怨秋夜之未央。愿在裳而为带，束窈窕之纤身；嗟温凉之异气，或脱故而服新。愿在发而为泽，刷玄鬓于颓肩㉔；悲佳人之屡沐，从白水以枯煎。愿在眉而为黛，随瞻视以闲扬；悲脂粉之尚鲜，或取毁于华妆。愿在莞㉕而为席，安弱体于三秋；悲文茵㉖之代御㉗，方经年而见求。愿在丝而为履，附素足以周旋㉘；悲行止之有节，空委弃㉙于床前。愿在昼而为影，常依形而西东；悲高树之多荫，慨有时而不同。愿在夜而为烛，照玉容于两楹；悲扶桑㉚之舒光㉛，奄㉜灭景而藏明。愿在竹而为扇，含凄飙㉝于柔握；悲白露之晨零㉞，顾㉟衿袖以缅邈㊱。愿在木而为桐，作膝上之鸣琴；悲乐极以哀来，终推我而辍㊲音。

考所愿而必违，徒契契㊳以苦心。拥劳㊴情而罔诉㊵，步容与㊶于南林。栖木兰之遗露，翳青松之余阴。傥㊷行行㊸之有觌㊹，交欣惧于中襟㊺。竟寂寞而无见，独悁想㊻以空寻。敛轻裾以复路，瞻夕阳而流叹。步徙倚㊼以忘趣㊽，色惨凄而矜颜㊾。叶燮燮㊿以去条，气凄凄而就寒。日负影以偕没，月媚景于云端。鸟凄声以孤归，兽索偶而不还。悼当年(51)之晚暮，恨兹岁之欲殚。思宵梦以从之，神飘飖而不安。若凭舟(52)之失棹，譬缘崖而无攀。于时毕昴(53)盈轩，北风凄凄。恫恫(54)不寐，众念徘徊。起摄带(55)以侍晨，繁霜灿于素阶。鸡敛翅而未鸣，笛流远以清哀。始妙密(56)以闲和，终寥亮(57)而藏摧(58)。意夫人之在兹，托行云以送怀。行云逝而无语，时奄冉(59)而就过。徒勤思以自悲，终阻山而滞河。迎清风以祛累，寄弱志于归波。尤《蔓草》之为会，诵《召南》

之余歌。坦万虑以存诚,憩遥情于八遐⁶⁰。

注释

① 张衡:东汉文学家、科学家。
② 蔡邕:东汉文学家、书法家。
③ 检:收敛。
④ 荡:放荡。
⑤ 缀文:作辞赋。
⑥ 奕代:累世,代代。
⑦ 染翰:用毛笔蘸墨。
⑧ 庶:希望,大概。
⑨ 瓌逸:仙姿出众的样子。指女子美。
⑩ 旷世:绝代。
⑪ 俗内:世俗之内。
⑫ 易夕:容易迟暮。
⑬ 殷:多。
⑭ 含言笑而不分:似笑非笑,难以分清。意谓总是面带微笑。
⑮ 景:日光。
⑯ 悲商叩林:悲凉的秋风吹动着树林。
⑰ 睐:斜视。
⑱ 接膝:膝盖相接。指挨近而坐。
⑲ 冒礼:冒犯礼法。

⑳ 愆：同"愆"，过错。
㉑ 九迁：多次变化。
㉒ 华首：美丽的头部。
㉓ 宵离：夜晚脱下（罗襟）。
㉔ 颓肩：削肩。
㉕ 莞：蒲制粗席。
㉖ 文茵：有花纹的皮褥。
㉗ 代御：取用，代用。
㉘ 周旋：转动。
㉙ 委弃：抛弃。
㉚ 扶桑：传说中太阳升起的地方，这里代指太阳。
㉛ 舒光：舒展光辉。
㉜ 奄：忽然。
㉝ 凄飙：冷风。
㉞ 晨零：早晨降落。
㉟ 顾：想到。
㊱ 缅邈：遥远。
㊲ 辍：停止。
㊳ 契契：忧苦的样子。
㊴ 劳：苦。
㊵ 罔诉：无处诉说。
㊶ 容与：徘徊的样子。
㊷ 傥：同"倘"，倘若。
㊸ 行行：踌躇的样子。
㊹ 觌：见。
㊺ 中襟：内心。
㊻ 悁想：忧思。

㊼徙倚：徘徊，流连不去。
㊽趣：同“趋”，前行。
㊾矜颜：容貌庄严。
㊿燮燮：落叶声。
(51)当年：壮年。
(52)凭舟：乘船。
(53)毕昴：二星宿名，此处代指群星。
(54)惘惘：焦灼不安的样子。
(55)摄带：穿衣。
(56)妙密：美妙而细腻。
(57)寥亮：嘹亮。
(58)藏摧：凄怆的样子。
(59)奄冉：荏苒。
(60)八遐：八荒极远之地。

五柳先生传

先生不知何许①人也,亦不详其姓字,宅边有五柳树,因以为号焉。闲静少言,不慕荣利。好读书,不求甚解②,每有会意③,便欣然忘食。性嗜酒,家贫不能常得。亲旧知其如此,或置④酒而招之。造⑤饮辄尽⑥,期在必醉。既醉而退,曾不吝情去留。环堵萧然⑦,不蔽风日;短褐穿结⑧,箪瓢屡空⑨。晏如⑩也。常著文章自娱,颇示己志。忘怀得失,以此自终。

赞曰:黔娄之妻有言:"不戚戚于贫贱,不汲汲于富贵。"其言兹若人之俦乎?酣觞赋诗,以乐其志,无怀氏之民欤?葛天氏之民欤?⑪

注释

① 何许：何处。
② 不求甚解：这里指读书只领会要旨，不死抠字句。
③ 会意：心得体会。
④ 置：置备。
⑤ 造：往，到。
⑥ 尽：尽兴。
⑦ 环堵萧然：简陋的居里空荡荡的。
⑧ 穿结：衣服上有破洞和补丁。
⑨ 箪瓢屡空：箪和瓢都经常是空的，形容贫困。
⑩ 晏如：安然自若。
⑪ 无怀氏之民欤？葛天氏之民欤？：这是无怀氏的子民吗？是葛天氏的子民吗？无怀氏、葛天氏都是传说中上古时代朴素淳厚的帝王。

感士不遇赋·并序

昔董仲舒①作《士不遇赋》，司马子长②又为之。余尝以三余之日③，讲习之暇，读其文，慨然惆怅。夫履信思顺，生人之善行；抱朴④守静，君子之笃素。自真风⑤告逝，大伪斯兴，闾阎⑥懈廉退之节，市朝驱易进之心。怀正志道之士，或潜玉⑦于当年；洁己清操之人，或没世以徒勤。故夷⑧皓⑨有安归之叹，三闾⑩发已矣之哀。悲夫！寓形百年，而瞬息已尽；立行之难，而一城莫赏。此古人所以染翰慷慨，屡伸而不能已者也。夫导达意气，其惟文乎？抚卷踌躇，遂感而赋之。

咨大块⑪之受气，何斯人之独灵！禀神智以藏照，秉三五⑫而垂名。或击壤⑬以自欢，或大济于苍生。靡潜跃⑭之非分，常傲然以称情。世流浪而遂徂⑮，物群分以相形。密网裁而鱼骇，宏罗制而鸟惊。彼达人之善觉，乃逃禄而归耕。

山嶷嶷⑯而怀影，川汪汪⑰而藏声。望轩唐⑱而永叹，甘贫贱以辞荣。淳源⑲汩⑳以长分，美恶作以异途。原百行㉑之攸贵，莫为善之可娱。奉上天之成命，师圣人之遗书。发忠孝于君亲，生信义于乡闾。推诚心而获显，不矫然而祈誉。

嗟乎！雷同㉒毁异，物恶其上。妙算者谓迷，直道者云妄。坦至公而无猜，卒蒙耻以受谤。虽怀琼㉓而握兰，徒芳洁而谁亮？哀哉！士之不遇，已不在炎帝帝魁㉔之世。独祗修以自勤，岂三省之或废？庶㉕进德以及时，时既至而不惠。无爰生㉖之晤言，念张季之终蔽。悯冯叟㉗于郎署，赖魏守㉘以纳计。虽仅然㉙于必知，亦苦心而旷岁㉚。审夫市之无虎，眩三夫之献说。悼贾傅㉛之秀朗，纡远辔㉜于促界。悲董相㉝之渊致㉞，屡乘危而幸济。感哲人之无偶，泪淋浪㉟以洒袂。承前王之清诲，曰天道之无亲。澄得一㊱以作鉴，恒辅善而佑仁。夷投老以长饥，回㊲早夭而又贫。伤请车以备椁，悲茹薇而殒身。虽好学与行义，何死生之苦辛！疑报德之若兹，惧斯言之虚陈。何旷世之无才，罕无路之不涩。伊古人之慷慨，病奇名之不立。广结发以从政，不愧赏于万邑。屈雄志于戚竖㊳，竟尺土之莫及。留诚信于身后，恸众人之悲泣。商㊴尽规以拯弊，言始顺而患入。奚良辰之易倾，胡害胜其乃急。苍旻㊵遐缅，人事无已。有感有昧，畴㊶测其理。宁固穷以济意，不委曲而累己。既轩冕之非荣，岂缊袍之为耻？诚谬会以取拙，且欣然而归止。拥孤襟以毕岁，谢良价㊷于朝市。

注释

① 董仲舒：西汉哲学家。
② 司马子长：司马迁。
③ 三余之日：泛指闲暇时间。
④ 抱朴：保持淳朴。
⑤ 真风：淳朴的风俗。
⑥ 闾阎：代指乡里。

⑦ 潜玉：指隐居。
⑧ 夷：伯夷。
⑨ 皓：商山四皓。
⑩ 三闾：屈原，其做过三闾大夫。
⑪ 大块：大地。
⑫ 三五：三才（天、地、人）和五常（仁、义、礼、智、信）。
⑬ 击壤：古代的一种小游戏。
⑭ 潜跃：比喻隐居和出仕。
⑮ 徂：逝去。
⑯ 巍巍：高峻的样子。
⑰ 汪汪：大水的样子。
⑱ 轩唐：黄帝和唐尧。
⑲ 淳源：淳朴的源头，指人类社会初期。
⑳ 汩：沉沦。
㉑ 百行：各种各样的行事。
㉒ 雷同：随声附和。
㉓ 琼：美玉，这里指美德。
㉔ 炎帝帝魁：泛指上古时代。
㉕ 庶：希望。
㉖ 爱生：爱惜。
㉗ 冯叟：汉代的冯唐。
㉘ 魏守：云中太守魏尚。
㉙ 仅然：单独，个别。
㉚ 旷岁：荒废岁月。
㉛ 贾傅：西汉文学家贾谊。
㉜ 纡远辔：放松能远行之辔，指不能施展才华。

㉝ 董相：董仲舒，曾相江都王和胶西王。
㉞ 渊致：指深沉态度。
㉟ 泪淋浪：泪流不止。
㊱ 一：道。
㊲ 回：颜回。
㊳ 戚竖：外戚小人。此指子兰，上官大夫。
㊴ 商：西汉王商，汉成帝时为左将军。
㊵ 苍旻：苍天。
㊶ 畴：谁。
㊷ 良价：指高官厚禄。